아 침 수 목 원

아침수목원

숲이
우리에게
이야기하는
것들

이동혁 글·사진

21세기북스

살아가는 일이 아름다운 일이기를

세상은 왜 아름다운가? 누가 하지도 않은 이 질문에 답을 얻기까지 나는 너무 많은 날을 살아야 했던 것 같다. 루이 암스트롱의 노래처럼 세상은 놀라운 일로 가득 차 있고, 살 만한 가치가 있는 곳이라는 사실을 깨닫기까지 너무 먼 길을 에돌아 온 것 같다. 좀더 일찍 깨달았더라면 좋았을 것을, 그러지 못한 것이 두고두고 아쉬울 따름이다.

세상이 아름답게 보이기 시작한 건 세상을 아름답게 볼 줄 아는 눈을 갖게 되면서부터다. 그전까지 나는 나 혼자 살아가기에도 바쁘고 벅차서 내가 보지 않는 곳에서 벌어지는 일들에 대해 무관심했다. 뒤늦게나마 그런 곳으로 눈을 돌리니 세상 모든 일이 다 달라 보였다. 아주 사소한 것에서조차 느끼게 되는, 아름다움에 대한 놀라운 감동은 나를 이 세상에 발붙이고 살게 하는 이유가 되어주었다.

쉼 없이 바빠 살아가는 분들이라면 모두 나와 같은 경험을 해봤으면 좋겠다. 한 번쯤 현재의 모습에서 한 발 물러나 제3자의 눈으로 관조하듯 사물을 대한다면 세상은 충분히 달라 보일 수 있다. 무한히 반복되는 바쁨 속에서 잠깐의 틈을 내어 쉼표 하나쯤 찍고 가도 되는 휴식과 치유의 시간이 모두에게 필요하다.

우리에게는 자연이라는 휴식과 치유의 공간이 있다. 강과 바다와 산과 들과 계곡과 숲이 있고 그곳에는 어김없이 풀꽃나무가 있다. 실은 꽃들도 우리와 같은 지구 생명체로, 다른 생명들과 어깨를 부딪혀가며 열심히 살아간다. 그래서 그들이 들려주는 이야기는 우리들의 모습과 살이 닿아 있다. 경쟁이 심한 곳에서는 경쟁력을 갖춘 꽃들이 살아남고, 경쟁을 피해서 자리를 옮겨간 곳에서는 척박한 환경에 적응해 자신을 변화시킨 꽃들만이 살아간다. 그들이 보여주는 삶의 경이로움을 엿보고, 그들이 들려주는 지혜에 귀 기울여보자. 나의 이야기가 아닌 그들의 이야기에서 나를 발견할 수 있다.

이 책은 나와 동시대를 살아가는 꽃들의 노하우를 적은 것이다. 하루하루 살아가기 위해 노력하는 그네들의 소리 없는 아우성을 들어보자. 어쩌면 그들은 끊임없이 우리를 가르치고 있었는지 모른다. 세상에는 배워야 할 게 너무나도 많다. 그들의 이야기에서 소중한 '나'를 깨닫고, 아름다운 휴식의 의미를 알고, 새로운 삶의 이야기를 적어내려갈 수 있는 의미로운 느낌을 전달받았으면 좋겠다. 그래서 살아가는 일이 아름다운 일이 될 수 있기를 희망한다. 피곤에 지친 우리의 눈에 녹색 쉼표를 그렸으면 좋겠고, 지금까지의 나와는 조금이나마 다른 '나'로 변화시킬 수 있기를 기대해본다.

생명이 있는 것은 모두가 다 아름답다.

4월의 어느 날, 이동혁 씀

숨겨진 가능성은 누구에게나 있다.
아직 찾지 못했을 뿐이다.
가능성을 찾지 못했다고 실망하기엔,
인생은 길다.

01

숲이 인생에
들려주는 이야기

모든 꽃의 시작
변산바람꽃

2~4월에 꽃이 피는 여러해살이풀
산지의 숲 속

햇볕이 조몰락거리고 간 땅에서 푸른 잎만 돋아도 눈이 번쩍 뜨이는 때에 대견도 하지, 변산바람꽃은 아예 꽃을 피워버린다. 색색의 꽃잎과 수술을 전구처럼 품었다가 엄지손톱만 한 크기로 펼쳐 보인다. 추위는 알아도 모른 척. 가녀린 몸으로 서서 시집살이 같은 찬바람을 견뎌낸다. 변산아씨라는 애칭도 여기서 생겨나지 않았을까. 추위를 이겨내는 비법은 땅속에 있다. 제 키만큼 깊은 땅속에 숨긴 동그란 덩이줄기가 일종의 보온밥솥 역할을 한다. 그곳에 모아둔 양분의 힘으로 부지런히 몸 놀려 이른 봄을 제 세상으로 만든다.

준비할 수 있다면 시작은 언제가 되었든 두렵지 않은 법. 남들보다 일찍 시작하려면 남들보다 일찍 준비하면 된다.

꽃들은 안다. 변산바람꽃이 피면 저마다 꽃을 피워 올리기 위해 부산을 떨어야 하는 때가 된 것을. 아름다운 꽃전쟁이 시작되었음을. 계절의 맨 앞에 서서 꽃 소식을 북으로 북으로 진격시키는 꽃. 변산바람꽃은 모든 꽃의 시작이다.

마음이 고우니 껍질도 곱지
노각나무

큰 키로 서서 내려다보는 노각나무는 고운 꽃을 머리에 꽂고 선 수수한 여인네 같다. 하얀 동백꽃이라고 해도 될 만큼 탐스러운 꽃 안에는 자잘한 노란색 수술을 가득 담고 있다. 사촌지간인 차나무 꽃은 고개를 숙인 채 피지만 노각나무 꽃은 그보다 훨씬 크고 옆을 향해 피는 점이 다르다. 가만 보면 동백나무와 차나무의 아름다운 점을 합쳐놓은 듯하다.

미인은 멀리서 봐야 한다지만 노각나무는 가까이서 봐야 한다. 피부 미인이기 때문이다. 노각나무라는 이름도 나무껍질이 사슴뿔처럼 아름다워 '녹각(鹿角)나무'라 하던 데서 유래되었다. 그것도 모자라 '비단나무'라고도 한다. 실물을 보면 사슴뿔의 단면보다 훨씬 더 아름답고,

비단보다 결이 더 곱다. 꽃과 나무껍질이 고운 것을 보면 심성도 고울 것 같다. 실제로 노각나무는 추위와 그늘에서도 잘 자라고 소금기나 공해에도 잘 견딘다. 그 정도면 나무치고는 고운 심성 아닌가? 조금 더디게 자라는 편이라 가로수로는 적당하지 않지만 공원수나 정원수로는 손색이 없어 중부지방에서도 자주 심는다.

그런 걸 보면 사람이나 나무나 고운 심성을 가진 이는 어디서건 환영 받는다. 고운 심성으로 살다 보면 곱게 쓰이는 날이 온다. 너무 고와 물러터지지만 않으면 된다. 더도 말고 덜도 말고 노각나무의 마음처럼.

가짜 같은 진짜
산호수

산호의 아름다움에 비견되는 산호수(珊瑚樹)는 제주도의 숲에서 낮게 엎드려 자란다. 산호가 식물처럼 보이지만 실은 동물이듯, 산호수는 조화처럼 보이지만 분명히 생화고 풀꽃처럼 보이지만 엄연히 나무다. 한여름이 되면 뒤로 활짝 젖힌 우산 모양의 흰색 꽃을 꽃차례(꽃이 줄기나 가지에 배열되는 모양)에 모아 피운다. 가을에는 광택이 나는 빨간 열매를 기다란 자루 끝에 매다는 것도 잊지 않는다. 꽃도 그렇지만 산호수의 반짝이는 푸른 잎과 빨간 열매를 보면 생화 같지가 않다. 1년 365일 내내 싱싱하다 보니 조화보다 더 조화 같다.

진짜 같은 가짜가 많다 보니 진짜를 보고도 가짜라고 의심할 때가 있다. 진짜 같은 가짜와 가짜 같은 진짜 사이에서 갈등하지만 결국 손에 쥔 물건이 진짜인지 가짜인지는 전문가만이 알 수 있다. 가짜일수록 왜 진짜처럼 보이는 걸까?

산호수는 늘 변치 않는 조화처럼 늘 푸르고 싱싱한 잎으로 제주도의 숲을 지키며 가짜 꽃 같은 진짜 꽃을 피우고 가짜 열매 같은 진짜 열매를 맺는다.

좋은 소문
백리향

6~8월에 꽃이 피는 갈잎떨기나무
높은 산 바위지대

백 리를 가는 향이라니 그만큼 좋다는 뜻일 게다. 멀리까지 향기를 풍기니 나무도 클 것 같지만 백리향은 꽃이 피지 않은 한 알아보기 어려울 만큼 작다. 바닥을 기듯 자라기 때문에 언뜻 풀처럼 보여 나무라는 생각조차 들지 않는다.

작은 잎을 비벼 코에 대보면 백 리 가는 향기의 정체를 짐작할 수 있다. 향나무에서 나는 향기 같다. 나무 전체가 그런 향기를 품었으니 꽃은 말할 것도 없다. 하지만 백리향을 만나기란 결코 쉽지 않다. 간혹 낮은 지대에서도 자라기는 하나 대개는 높은 산을 오르는 수고를 하지 않으면 잎 하나도 보여주지 않는다.

향기야 멀리 갈 수는 없지만 좋은 향기가 난다는 소문은 멀리멀리 퍼진다. 백 리가 아니라 천 리도 멀다 하지 않는다. 그래서 어찌 보면 실제 향기보다 소문이 더 무섭다. 좋지 못한 향기라도 좋은 향기라고 소문나면 좋은 향기가 되고, 좋은 향기라도 나쁜 향기라고 소문이 나면 나쁜 향기가 된다.

좋은 향기로 소문나자. 백리향만큼만 좋은 향기로!

기다리면 보인다
선괭이눈

3~5월에 꽃피는 여러해살이풀
산지 계곡 주변

괭이눈 가문의 식물들은 모두 아름다운 눈매를 가졌다. 그중에서도 가장 크고 매혹적인 눈은 단연 선괭이눈이다.

물이 마르지 않는 계곡 주변에 사는 선괭이눈은 조금 늦게 눈을 뜬다. 봄바람이 와서 몸을 흔들어도 때가 되면 알아서 일어나겠다며 들은 척 만 척한다. 몸체는 연한 녹색이 돌고 비교적 키가 크다. 꽃잎이 없는 대신 꽃잎처럼 보이는 네 개의 꽃받침이 수직으로 서는데 꽃이 필 무렵이면 꽃처럼 노란색으로 변하며 빛을 낸다. 그 안에 든 여덟 개의 노란색 수술도 부풀어 꽃밥을 터뜨리면 괭이눈이란 이름이 여기서 나왔구나 하게 된다.

그러나 이는 섣부른 오해다. 조금만 기다리면 선괭이눈은 두 개의 뿔을 세우며 열매를 익힌다. 그러다 그 뿔을 세로로 가르며 열매를 벌려 진짜 괭이눈의 진면목을 보여준다. 햇빛에 동공이 세로로 수축된 고양이의 눈, 선괭이눈의 벌어진 열매가 딱 그 모양이다. 괭이눈 가문의 비밀 하나를 알게 된 듯 가슴이 뛴다. 오해와 진실이란 게 그렇다. 아주 사소한 데서 잘못 알려지기 시작하면 오해가 진실로 둔갑할 수 있다. 그러나 또 진실은 보석처럼 변치 않는 것이기에 언젠가는 세상에 알려지게 되어 있다. 어떤 눈을 가질 것인가! 선괭이눈처럼 항상 빛나고 진실을 알아보는 눈이 필요한 시대다.

미학적인 거리
분꽃나무

분꽃나무의 꽃차례는 작은 솜사탕 같다. 각각의 꽃은 연분홍색이 도는 흰색이고 기다란 빨대 모양이다. 처음에는 손오공이 휘두르고 다니는 여의봉처럼 생긴 꽃봉오리가 여럿 나온다. 벌어지면 끝이 다섯 갈래로 갈라지면서 수레바퀴 모양이 된다. 꽃차례 바로 밑에는 두꺼운 두 장의 넓은 잎이 손바닥처럼 달리기 때문에 꽃차례 그대로 결혼식의 부케로 써도 좋을 법하다. 한 그루의 나무에 여러 개의 꽃차례가 몽실몽실 달리기 때문에 풍성하다.

분꽃나무 꽃이 피었다는 것은 눈보다 코가 먼저 안다. 아주 멀리에서도 곱게 단장한 여인네한테서 풍기는 분내가 난다. 그런데 분명 먼 데서 맡은 향기는 이름대로 분 냄새인데, 꽃에 코를 박고 맡으면 쥐오줌 냄새가 난다. 어떤 이는 코를 쥐거나 아예 고개를 돌리기도 한다. 분명 같은 꽃의 향기인데 멀리서 맡는 것과 가까이서 맡는 향이 다르게 느껴지는 것은 왜일까?

진한 향기는 멀리서 맡을수록 좋다. 아무리 좋은 이라도 너무 가까이하다 보면 다툼이 생길 수 있다. 미학적인 거리를 둘수록 좋은 향기를 오래 맡을 수 있다. 미인과 그림은 멀리서 보고, 분꽃나무 향기는 멀리서 맡자. 사랑하는 이의 향기를 맡을 때도 거리가 필요하다. 때론 그래야 더 사랑스럽다.

4~5월에 꽃이 피는 갈잎떨기나무
산기슭이나 바닷가 주변

제 할 일을 알고 피는 꽃
보춘화

3~5월에 꽃피는 늘푸른여러해살이풀
산지

보춘화(報春化)는 이름 그대로 봄을 알리는 꽃이다. 그래서 '춘란(春蘭)'이라고도 한다. 명색이 봄을 알리는 꽃인데 부지런을 떠는 다른 꽃들에 비하면 너무 늦게 핀다. 하지만 난초 집안에서는 보춘화가 제일 빠르다. 남쪽에 사는 것일수록 빨라서 3월이면 벌써 꽃줄기를 잎 높이만큼이나 세운다.

푸른 겨울을 보내다가 땅 밑으로 서서히 봄기운이 전해지면 꽃봉오리가 고개를 들고 일어선다. 꽃이 보이기 시작하면 곧바로 수난의 대상이 된다. 그런 줄 알면서도 보춘화는 제 임무에 충실하다. 모든 난초들에게 이제 우리도 깨어나야 할 때가 되었다고 알린다.

제 할 일이 있다는 것은 참 고마운 일이 아닌가. 게다가 나만이 할 수 있고 해야 하는 일이라면 더욱 그러할 것이다. 사명감이 아니었다면 보춘화는 아무 때나 제멋대로 피었을지 모른다. 하지만 봄 아니면 필 줄 모르기에 보춘화는 제 할 일을 알고 피는 난초다.

쌀밥의 추억
이팝나무

얼마나 배가 고팠으면 커다란 나무에 볼록하게 솟은 새하얀 꽃을 보고 고봉으로 담긴 쌀밥을 떠올렸을까. 가까이에서 보면 꽃의 끝이 네 개로 갈라져서 밥알과는 거리가 먼 데도 말이다. 조선시대 양반인 이씨들만 먹는 밥이라 하여 쌀밥을 '이밥'이라 한 데서 이름을 얻었으니 '이팝나무'는 가난한 백성들의 선망이었다.

이팝나무의 꽃이 탐스럽게 잘 피면 그해 농사는 풍년이 들고 그렇지 않으면 흉년이 든다고 했다. 그래서인지 남부지방에서는 이팝나무에 꽃이 피기 시작하면 농사일을 시작했다고 한다. 게으름을 피우는 농군들에게도 이제는 농사지을 때가 되었으니 서두르라고 재촉하는 것이다. 밥과 농사가 전부이던 시절의 이팝나무는 선망이자 희망이고 지침이었다.

먹을거리가 풍부해진 요즘은 길가나 공원에서 흔히 이팝나무와 만날 수 있지만, 찢어지게 가난하던 때를 기억하기에 이팝나무는 계속 사랑받는다.

상 위에 오른 쌀밥만으로도 좋았던 시절은 이제 저만치 갔지만 이팝나무에 고봉으로 수북이 꽃 핀 모습은 언제 봐도 좋다. 예전보다 배는 부르지만 마음은 허전한 이들에게 또 다른 만족을 준다. 이팝나무가 아직 있어야 할 이유다.

4~6월에 꽃이 피는 갈잎큰키나무
서해 섬지방과 남부지방의 산골짜기

반쯤 나무 반쯤 어른
애기풀

4~5월에 꽃피는 여러해살이풀
산기슭의 풀밭

나무마다 풀마다 새순이 피워오를 무렵이면 양지쪽 애기풀도 기지개를 켠다. 다 자라도 잔디만 한 키밖에 안 되는 작은 풀이지만 좀처럼 보기 힘든 보라색이라 귀한 집 자식 같다. 프로펠러 달린 구형 전투기 같은 모양을 한 꽃 역시 보라색이다. 수술이 마치 돌아가는 프로펠러처럼 생겼고 꽃받침잎은 날개처럼 생겼다. 잎과 꽃이 모두 같은 보라색을 띠는 경우도 있어서 어디가 잎이고 어디가 꽃인지 헷갈리기 쉽다. 비행기놀이를 하듯 꽃들이 폈다 지면 부채 모양의 납작한 열매를 성급히 맺는다.

한 뼘도 되지 않는 키로 서서 비행기놀이를 하는 애기풀은 누가 봐도 연약한 풀이다. 그러나 작기에 더 강해지지 않으면 안 된다는 걸 아는지 놀랍게도 애기풀은 겨울에도 땅 위의 부분이 말라 죽지 않고 반쯤 나무로 산다. 꽃 같던 잎을 모두 떨어뜨리고 부채 모양의 열매도 내리고 나면 몸통을 나무처럼 단단히 여미고 추운 날을 견딘다.

그런 모습을 보면 외양은 어리디 어린 풀이지만 나무로서의 삶을 배우고 익혀가는 어른스러운 풀이다. 어린 풀 같지만 나무로 겨울 나는 법을 아는, 속이 꽉 찬 어른 풀이다.

감춰진 이야기
회양목

4~5월에 꽃피는 늘푸른떨기나무
석회암 지대의 산지

봄날 교정에서, 관공서에서 향기에 팔려 바쁜 걸음을 멈췄던 기억이 있다면, 그리고 놀랍도록 달콤한 향기의 정체가 바로 눈앞에 있는 볼품없는 나무일 리는 없다는 생각에 먼 곳으로 코를 벌름거렸던 기억이 있다면, 그런데도 아직까지 그 향기의 주인을 모르고 있다면, 답은 회양목, 무심코 지나쳤던 화단의 둥그스름한 바로 그 나무다.

회양목은 석회암으로 이루어진 척박한 돌 틈에서 자란다. 좀더 좋은 자리가 많건만 그런 곳은 자기 자리가 아니라는 듯 흙보다 바위가 더 많은 곳만을 골라 뿌리를 내린다. 전정(가지치기)의 가윗날을 잘 견디는데다가 상록수다 보니 정원수로도 사랑받는다. 동물 같은 형상으로 만들거나 둥그렇게 다듬어놓는 경우가 많은데 야생의 회양목은 더벅머리처럼 비죽비죽 자유롭게 자란다.

가을에는 회양목의 열매 하나마다 세 마리의 부엉이가 탄생한다. 열매가 세 갈래로 벌어지면서 검은색 씨를 드러내는데, 그 모양이 마치 세 마리의 부엉이가 발을 한데 모으고 있는 것 같다. 왠지 동화 한 편이 탄생할 것 같은 모양새다. '회양목의 세 마리 부엉이'. 그뿐 아니다. 회양목은 원래 도장을 만드는 재료였다. 그래서 도장나무라고도 한다.

그렇듯 감춰진 쓰임새가 누구에게나 있지만 발견하지 못할 뿐이다. 숨겨진 가능성은 누구에게나 있다. 아직 찾지 못했을 뿐이다. 가능성을 찾지 못했다고 실망하기엔, 인생은 길다.

환하게 웃어주는 네가 좋다
함박꽃나무

함지박처럼 커다란 꽃이 피는 나무라서 함박꽃나무다. '산목련'이라고
도 하는데 청초한 꽃에는 그 이름이 더 잘 어울린다.

　깊은 산길을 걷다가 함박꽃나무 꽃을 만나면 절로 미소가 벙근다. 꽃
이 고개를 살짝 수그린 채 피기 때문에 자연스레 눈빛이 마주치게 되는
데, 그 환한 얼굴이 꼭 나를 쳐다보는 것 같아 공연히 마음이 설렌다. 게
다가 근사한 향기까지 품고 있으니 함박꽃나무와 조우하면 산행의 피
로까지 싹 가신다.

　처음에 돋는 꽃봉오리는 유약을 발라 구운 도자기처럼 새하얗게 빛

5~6월에 꽃피는 갈잎작은키나무
산지

난다. 산에서 살다보니 목련보다 늦게 꽃봉오리를 열지만 기품으로 따
진다면 저잣거리 목련은 따라올 수가 없다. 안쪽에 자주색 수술을 품은
하얀 꽃이 벌어지면 낯선 길손을 숨어서 훔쳐보는 순박한 시골처녀 같
다. '저기…….' 말이라도 걸면 금방이라도 얼굴을 붉힐 것만 같다.

함박꽃나무처럼 언제나 활짝 웃는 미소로 반겨주는 이가 있다면 얼
마나 좋을까. 미우나 고우나 나를 위해 미소 지어주는 사람이 좋다. 그
미소가 그립다면 나 자신부터 누군가의 함박꽃나무가 되자. 내 미소보
다 더 밝고 환한 미소로 되돌아온다.

비교와 저울질
쪽동백나무

5~6월에 꽃피는 갈잎작은키나무
산지

끝에 자잘한 톱니가 있는 둥근 잎은 워낙 커서 몇 잎만 펼쳐도 하늘을 금세 가릴 듯하다. 커다란 잎에 어울리는 기다란 꽃차례에는 하얀 종 모양의 꽃이 양쪽으로 줄을 서듯 조르르 매달린다. 꽃에서는 금방이라도 코를 마비시킬 듯한 향기가 난다. 그래서 쪽동백나무의 꽃그늘에 들면 자못 황홀해진다.

꽃으로 보나 잎으로 보나 쪽동백나무는 동백나무와는 별 연관이 없어 보인다. 그런데도 쪽동백나무라 불리는 이유는 꽃이 지고 난 후 송알송알 달리는 열매 때문이다. 쪽동백나무는 열매가 익어 갈라지면 흑갈색 씨를 드러내는데 크기만 작을 뿐 그 모양이 동백나무 씨와 닮았다. 그 씨로 기름을 짜서 쓰는 것도 동백나무와 비슷하다. 그래서 '쪽방', '쪽마루' 할 때처럼 작다는 뜻의 '쪽'자를 붙여 동백나무에 빗대어 부른 것이다.

쪽동백나무는 제 품에서 기를 수 있는 크기의 열매를 가졌기에 동백나무와 비교할 일은 아니다. 굳이 비교를 한다면 유사한 모양의 꽃과 향기를 가진 때죽나무와 비교해야 마땅하다. 하지만 때죽나무에 비해 잎, 열매, 꽃 그 어느 것에서도 뒤처지지 않는다. 훨씬 더 풍성하고 아름답다. 뒤처질 일 없기에 속상하진 않지만 비교당하는 기분은 늘 찜찜하다. 그 비교가 저울질로 이어질 때는 더욱 그렇다.

쪽동백나무는 말한다. 때죽나무와는 비교해도 동백나무와는 저울질하지 말라고.

잘 달리는 말에도 때로 채찍이 필요하다
말채나무

말채나무는 여름의 손길이 와 닿기 바쁘게 가지 끝에 하얀 꽃을 피운다. 그런데 키가 작지 않은 나무다 보니 높은 곳에 핀 꽃은 쉽사리 눈에 띄지 않는다. 숲에 들어서면 말채나무는 더욱 보이지 않는다. 그럴 땐 나무껍질을 유심히 살펴보면 된다. 감나무 껍질처럼 조각조각 그물 모양으로 갈라져 있다. 그 다음으로는 잎이 가지에 마주나기로 줄줄이 달리는지 확인하면 된다.

말채나무는 가지가 낭창낭창해서 말의 채찍으로 좋다 하여 이름이 붙었다. '낭창낭창'. 말채나무 가지의 특성을 이보다 잘 표현한 말은 없다. 그만큼 부드러우면서도 질기다는 뜻이다. 채찍은 부드러울수록 따끔하다. 착착 감기는 단말마의 통증 때문에 말들은 말채나무만 봐도 움찔할지 모르겠다.

요즘 세상에 채찍질이라니! 그보다는 칭찬으로 대해야 한다고 말하는 사람도 있지만, 칭찬이 어떤 일에 동기로 작용하게 되면 칭찬이 사라지는 순간 스스로 할 생각을 하지 않게 된다. 공연한 칭찬을 늘어놓기보다는 문제점을 세세히 짚어주고 따끔하게 말해줄 때 스스로 헤쳐나갈 원동력을 얻는다.

주마가편이라 했다. 잘 달리는 말에도 때로 채찍이 필요할 때가 있다.

5~6월에 꽃피는 갈잎큰키나무
산지

기다리지 않고 피는 꽃
너도바람꽃

기다리는 사람 애간장을 녹일 심산인지 봄은 참 더디게도 온다. 이제막 걸음마를 뗀 아기걸음보다 더 느린 양이다. 오려면 오고 말려면 말지 올 둥 말 둥 하면서 약을 올린다. 결국 조바심에 지친 이들이 고개를 돌릴 즈음에야 봄은 못 이기는 척 다가와 등을 어루만진다. 기다림의 끝에서야 다가와 살 비빈다.

꽃들도 봄을 기다리기는 마찬가지지만 기다림을 모르고 피는 꽃이 있다. 외려 봄이 제발 조금만 기다려달라고 할 정도로 찬 기운이 남아도는 대지를 뚫고 나와 맨얼굴로 바람을 맞는다. 가만히 들여다보면 바람꽃을 닮았다.

그 작은 꽃에게 혹시 너도 바람꽃이냐, 하고 물으면 그게 자기 이름이라고 대답할 것이다. 무슨 이름이 그러냐고 다시 물으면 바람꽃과 닮았는데 하도 작아서 그렇노라고 쑥스러이 말할 것이다.

너도바람꽃이 보이기 시작하면 사람들의 얼굴에도 봄이 번진다. 초록이 그리운 시기에 웬 꽃이냐 하면서 달려든다. 늑장을 부리던 봄도 서둘러 채비를 하고 성큼성큼 들녘을 걸어온다.

너도바람꽃은 말한다. 봄은 기다리는 자의 것이 아니라 찾아나서는 자의 것이라고. 기다리지 않고 피는 꽃에 봄이 와서 웃는다.

산지의 계곡 주변
3~4월에 꽃피는 여러해살이풀

각광받는 매력
노루귀

2~4월에 꽃피는 여러해살이풀
산지의 숲 속

이른 봄, 흰색 또는 기껏해야 노란색 일색인 지상에 노루귀는 제일 먼저 화려한 색상의 꽃을 선보인다. 감춰둔 물감이라도 있는지 흰색은 기본이고, 진분홍색, 청보라색, 그리고 그 색들이 섞인 여러 색의 꽃을 만들어낸다. 특히 청보라색 꽃은 실물을 보지 않고서는 믿어지지 않는 오묘한 색감이다.

이 키 작은 미인의 매력은 제모하지 않은 늘씬한 각선미에도 있다. 햇볕에 한 올 한 올 살아나는 털은 빛을 다루는 사진가들이 특히 좋아하는 매력 포인트다. 각광(脚光)이라는 말은 노루귀의 다리를 두고 하는 말 같다. 털이 없으면 노루귀 찍는 맛도 없다.

노루귀의 매력은 하나 더 있다. 이름의 유래가 된 잎이 그것이다. 노루귀의 꽃에서는 노루의 귀를 떠올리기 어려운데, 꽃이 지고 난 후에 돋는 잎을 보면 고개를 끄덕이게 된다. 세모진데다 부숭 털이 솟은 모습이 노루귀와 딱 맞아떨어진다. 노루귀를 만져보지 못한 사람이라면 예쁜 강아지의 귀를 떠올리면 된다. 부들부들한 촉감이 노루귀 같다.

다양한 매력을 가졌다는 것은 그만의 장점이다. 해마다 봄이면 노루귀가 각광받는 이유다. 아무리 봐도 질리지 않는 봄꽃이다.

그들만의 잔치
현호색

이른 봄, 현호색은 그들만의 잔치를 연다. 다른 꽃들은 하나둘 피어나지만 현호색은 무리지어 피어나 숲을 뒤덮어 버린다. 등산로 주변에 아예 꽃길을 낸다. 온통 현호색 천지를 만들어 다른 꽃들이 눈에 들어오지 않게 한다.

꽃을 자세히 보려면 허리를 굽혀 눈을 좀더 가까이 들이대야 한다. 봄꽃이 만들어낸 색이 맞는가 싶을 정도의 선명한 파란색 꽃이 올망졸망 매달려 있다. 살아서 즐겁다고 재재거리며 봄볕을 누리는 어린 새들 같다. 멀리서 보면 그 색이 그 색인 것 같지만 가까이서 보면 현호색마다 꽃 색이 다 다르다. 잎 모양도 조금씩 다 다르다. 그래서 현호색을 몇 종류로 나누기도 한다.

그들만의 잔치는 한 달을 넘기지 않는다. 열매를 맺고 나면 파장이다. 그러고는 흔적도 없이 지상에서 사라져 버린다. 1년 내내 야단법석을 떤다면 그건 잔치도 아니고 축제도 아니다. 현호색은 짧은 날을 후회 없이 보내고는 다른 꽃들에게 자리를 내어준다. 다시 있을 그들만의 잔치를 준비하면서.

3~4월에 꽃피는 여러해살이풀
산기슭이나 숲 속

5~6월에 꽃피는 갈잎떨기나무
산기슭이나 골짜기

아름다운 속임수
괴불나무

하얀 나비 수백 마리가 나무 위에 내려앉았다. 숨죽여 다가가도 미동도 없고 손으로 휘휘 저어도 끄떡도 하지 않는다. 나비가 아니라 괴불나무 의 하얀 꽃이다. 잎겨드랑이마다 두 개씩 달리는 괴불나무 꽃은 날개를 접고 앉은 나비 모양이다. 한 나무에서 비슷한 시기에 일제히 꽃이 피 기 때문에 나무가 클수록 놀라운 광경을 보여준다. 처음에는 하얀 나비 였다가 점점 노란 나비로 색이 변해가기 때문이다. 꽃향기도 매혹적이 다. 향수병을 엎질러놓은 양 근처에만 가도 아름다운 향기가 온몸을 감 싼다.

가을이면 괴불나무는 빨간 열매를 단다. 보기에는 꽤나 먹음직스럽 다. 하지만 섣불리 입에 넣었다가는 곤욕을 치른다. 아무리 물로 헹궈 도 사라지지 않는 쓴맛이 목에 붙어 다닌다. 잎이 다 떨어지고 난 뒤에 물컹하게 익으면 그나마 좀 낫기는 하지만 그래도 괴불나무의 열매는 보기와 달리 매우 쓰다.

겉만 봐서는 모른다. 겉만 보고서 속을 판단한 것부터가 잘못이다. 꽃을 나비라 속인 적 없고 열매를 맛있다 속인 적이 없거늘 속은 이가 있다. 그건 속은 자에게 문제가 있다. 그래도 기분 나쁜 속음이 아니기 에 다행이다.

괴불나무는 속임수를 쓰지 않는다. 다만 아름다울 뿐이다.

돈 없어도 사는 세상
돈나무

봄볕이 제법 후끈하게 달아오르면 남부 섬 지방은 돈나무의 향기로 뒤덮인다. 향기가 칠 리를 간다 하여 칠리향(七里香)이라고 하고, 조금 과장되게 천리향(千里香)이라고도 하니 그 향기가 어느 정도일지는 누구나 짐작할 수 있으리라. 처음에는 흰색이던 꽃이 점점 노란색으로 변하면 향기는 시들해진다. 꽃이 지면 돈이 열리지는 않고 동그란 열매가 방울방울 달린다. 가을이 되면 세 갈래로 갈라지면서 끈끈한 점액질에 싸인 주황색 씨를 드러낸다. 들쩍지근한 맛이 나는 이 점액질에 파리 같은 벌레들이 들러붙는다. 그래서 제주도에서는 '똥낭' 즉 '똥나무'라 불렀는데, 이것이 변해 돈나무가 되었다. 돈나무의 이름에서 '돈'을 연상했던 사람들은 헛웃음을 짓는다. 하필 똥이 돈이 되었다고 하면서…….

우연의 일치겠지만 돈과 똥은 유사성도 제법 있다. 돈(동전)과 똥은 둘 다 비슷한 누런색이고, 사람이 만들어낸 것이며, 더럽기로 따지자면 어느 쪽이 낫다고 하기 어렵다. 한 가지 차이점이라고 한다면 돈은 손에 넣으면 꽉 움켜쥐려 하지만 똥은 손에 닿기만 해도 기겁한다는 것.

돈이면 다 되는 세상이라지만 돈나무는 돈 없어도 되는 세상을 산다. 돈으로 살 수 없는 향기를 날린다. 돈으로 만들 수 없는 열매를 천 리 만 리 보낸다.

5~6월에 꽃피는 늘푸른떨기나무
남쪽 섬의 바닷가

곰취가 아니라 물동이
동의나물

나물이라고 해서 다 먹을 수 있는 건 아니다. 삿갓나물이 그렇고 동의나물이 그렇다. 둘 다 맹독성의 식물이지만 이름은 나물이다. 특히 동의나물은 잎이 곰취와 비슷하게 생겨서 구별이 쉽지 않다. 그래서 잘못 먹고 사고를 일으켰다는 소식이 종종 신문에 실리기도 한다. 깊은 산 발이 빠지는 질퍽한 습지 주변. 동의나물은 사는 곳도 곰취와 비슷해서 오인하기 딱 좋다.

잎 모양 때문에 탈을 부르긴 하지만 쓰임새 있는 것도 잎이다. 동의나물의 잎을 동그랗게 오므리면 물동이가 된다. 미처 물컵을 준비하지 못한 등산객들에게 요긴하다. 그렇게 물동이처럼 쓰인다 하여 동이나물이라 부르던 것이 변하여 지금의 동의나물이 되었다.

동의나물이야 곰취 행세를 한 적 없건만 사람들이 공연히 눈을 흘긴다. 잘못 본 것은 사람들이건만 괜스레 동의나물 탓만 한다. 그러나 저러나 동의나물은 질퍽한 땅에서 노란 꽃 피우고 저대로 산다. 그게 동의나물이 사는 법이다. 사소한 오해에도 마음 다치고 절망하는 사람들에게 누가 뭐래도 나 좋으면 그만인 동의나물의 사는 법을 알려주고 싶다.

4~5월에 꽃피는 여러해살이풀
산지의 습지

보이지 않는 곳에서도 향기롭게
호자덩굴

6~7월에 꽃피는 늘푸른여러해살이풀
울릉도와 남부지방의 숲

호자나무의 잎을 닮았을 뿐 호자덩굴에는 가시가 없다. 호자나무가 상록성인 것처럼 호자덩굴도 상록성이라 마주나는 달걀 모양의 푸른 잎이 사시사철 반질거린다. 덩굴이라고는 하나 다른 식물을 휘감고 자라는 건 아니고 바닥을 기듯이 자라며 땅에 닿는 곳마다 뿌리를 내린다. 그래서 혼자 살기보다는 무리 지어 자라는 게 보통이다.

여름 햇살이 나뭇가지 사이로 떨어져 내리면 호자덩굴도 분주해진다. 면봉처럼 생긴 하얀 꽃봉오리를 잎겨드랑이마다 두 개씩 만들어 보인다. 끝이 네 개로 갈라져 벌어지면서 수평으로 펼쳐지면 암꽃은 암술을, 수꽃은 수술을 드러낸다. 바닥에 붙어서 피는 꽃이기에 잘 모르지만 고개 숙여 코를 갖다대면 아주 좋은 비누 향기가 풍겨온다. 미미하긴 해도 자꾸만 맡고 싶어지는 향기다. 벌어진 꽃의 안쪽에는 자잘한 털이 깔려 있다. 언제 날아들지 모르는 손님을 위한 하얀 카펫이다.

호자덩굴의 깜찍한 모습은 열매에 이르러 절정을 이룬다. 햇빛에 반짝이는 콩 모양의 빨간 열매는 주워 먹고 싶을 정도로 탐스럽다. 낮고 어두운 곳에서 겨우 한두 점씩 떨어지는 빛을 족족 받아먹으며 키워내는 열매는 호자나무의 열매와 견주어도 뒤지지 않는다.

사람들 시선이 미치지 않는 곳에서도 향기로운 꽃이 피고 빛깔 좋은 열매가 달린다. 가장 낮지만 가장 편안한 곳, 바닥. 바닥을 알면 비로소 세상이 보인다. 호자덩굴이 보인다.

숲에서 살기 도시에서 살기
쥐똥나무

쥐똥나무는 벌과 나비를 쉴 새 없이 모으는 꿀 향기를 가졌지만, 열매가 쥐똥 모양 같다고 해서 붙은 이름 때문에 좋지 않은 냄새가 날 것이라는 선입견을 안고 산다. 북한에서는 검정알나무라 불린다니 차라리그 이름이 더 낫지 싶다.

산에서 맘껏 꽃피면서 쥐똥 같은 열매라도 맺는 것들은 그래도 사정이 나은 편이다. 공해에 강하고 잔가시를 갖고 있으며 가위질에도 잘견디는 참을성 때문에 도심의 울타리로 심어지는 것들은 제대로 된 꽃을 피워보지도 못한다. 봄부터 열심히 꽃차례를 준비하건만 향기 한번

5~6월에 꽃피는 갈잎떨기나무
들이나 산기슭

날려보기도 전에 비쭉비쭉 자란 수형을 다듬는 전정가위의 가윗날에 꽃차례가 모두 잘려나가기 때문이다. 다시 몸을 추슬러 꽃을 준비하기엔 힘에 부친다. 그러니 열매는 운이 좋아야 겨우 몇 개 달린다.

　도시에서의 삶이란 늘 그렇다. 꽃으로 살기보다는 그냥 나무로 된 조형물처럼 만들어진 대로 살아가야 한다. 공해도 참고 전정도 참고 제대로 꽃피우지 못하는 운명도 참아야 하는 게 도시에서의 삶이다. 쥐똥 같은 열매라도 어디냐며 쥐똥나무는 쥐똥 같은 눈물 흘린다.

내 마음속의 화살은
화살나무

5월에 꽃피는 갈잎떨기나무
산지

그 어떤 날에도 화살나무는 몸에서 활을 내려놓지 않는다. 장난감 같은 꽃에 나른한 햇살이 비치는 때도, 껍질이 벌어지면서 주황색 씨를 세상에 꺼내놓는 때도 방심은 금물이다. 화살을 늘 활시위에 팽팽히 메기고 한시도 긴장을 늦추지 않는다.

날개가 없는 것은 화살나무가 아니다. 가지에 코르크질의 날개가 세로로 달려야 화살나무다. 그 날개는 '귀전우(鬼箭羽)'라는 이름의 약재로 쓴다. 눈에 보이지 않는 귀신을 쫓는다는 화살나무는 눈에 보이지 않는 여러 질병을 향해서도 화살을 쏘아댄다. 귀신이나 질병이나 화살나무에게는 똑같은 표적일 뿐이다.

가을이면 화살나무는 불화살을 날린다. 단풍나무 못지않은 붉은 단풍으로 가을산에 불을 지른다. 화살나무가 겨냥한 곳마다 불길이 번지며 활활 타오른다. 설익은 가을도 화살나무에 닿으면 단숨에 붉어진다.

화살나무는 알고 있다. 화살을 쏘기 전에 자신의 몸부터 바르게 해야 한다는 사실을. 그러지 않으면 그 화살이 튕겨져 나를 쏠지 모른다는 것을. 내 몸이 바르지 않으면 화살은 엉뚱한 곳에 꽂힌다. 화살이 활을 떠나고 나면 이미 늦다. 어디로 향할지 아무도 모른다. 그래서 위험하다. 자신의 마음속 화살은 어디를 향하고 있는가.

가진 것 없는 삶이래도 아쉬울 건 없다.

맑은 계곡물의 포말에 제 몸을 씻기고 또 씻기며

쏟아지는 하늘빛을 널찍한 손바닥으로 감사히 받아든다.

끝내는 빈손이지만 자연이 주는 것 외에는 손 벌리지 않는다.

02

때론 길들지 않는
삶이 그립다

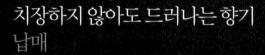

치장하지 않아도 드러나는 향기
납매

향을 지녔다고 해서 모든 꽃이 다 사랑받는 건 아니다. 사람들 코에 좋은 향기를 풍겨야만 한다. 납매의 향기는 그중 으뜸이다. 눈발이 휘날리는 추위 속에 피는 꽃나무인지라 납매를 사랑하는 이는 더욱 많다.

  그러나 납매의 꽃은 정말 볼품없다. 잘게 찢어진 꽃잎 하며 안쪽에 붉은색이 도는 모습은 항아리 같기도 하고 벌레 같기도 하다. 꽃이 아닌 정도를 겨우 면했다고나 할까. 향기가 아니었으면 알아보지도 못했고, 꽃 대접도 받지 못했을 나무다.

  후각을 마비시킬 듯 달콤하고 진한 향기가 곧 납매의 기품이요, 납매의 전부다. 눈에 띄지 않는 꽃을 가졌다 한들 어떠랴. 크고 화려한 정원수들 사이에 꾸밈없는 납매는 당당히 서 있다. 치장하지 않아도 드러나는 향기를 품고서.

스스로 선택한 삶
갯무

3~6월에 꽃피는 한두해살이풀
남부지방의 길가나 바닷가

무의 삶은 겉으로 보기에 평화롭기 그지없다. 그러나 안온한 삶의 대가
는 가혹하다. 꽃 한 번 피우지도, 씨 한 번 맺지도 못한 채 뽑히고 만다.
갯무는 사람 손에 가꿔지다 사람 손에 뽑히는 무의 운명을 거부하고 야
생의 삶을 선택했다.

들녘의 한자리를 비좁게 얻어 살면서 세찬 비바람에 스스로 맞서고, 해충들의 위협에 시달린다. 아무도 거저 주는 법 없는 양분을 스스로 빨아들여야 하니 재배되는 무에 비하면 잎도 뿌리도 턱없이 작고 가늘다.

그러나 그러면 좀 어떠한가. 갯무는 꽃 피는 생의 절정과 씨 맺는 생의 결실을 온전히 누린다. 스스로 선택한 삶이기에 강렬하게 제 삶을 껴안고 자유롭게 꿈꾸며 한 생을 살아간다.

어느 땅에 뿌리박고 어느 하늘 우러르며 사는지는 중요치 않다. 중요한 것은 강요된 삶인가 스스로 선택한 삶인가다. 길들지 않은 삶은 거칠어서 아름답다. 갯무가 그것을 잘 말해준다.

꽃보다 붉은 열정
붉은대극

4~5월에 꽃피는 여러해살이풀
산지의 숲 속

다 왔나 싶던 봄이 자꾸 뒷걸음칠 즈음이면 묵은 낙엽 위에 선홍빛 게 다리가 올라앉는다. 색이 붉어 꽃인가 여겨 들여다보면 꽃은 아니다. 손으로 집어 들면 정말로 붉은 꽃게 한 마리가 딸려 올라올 것만 같다. 때늦은 춘설(春雪)이 살짝 내려 덮이면 흰 눈에 금방이라도 붉은 물이 들 것 같다. 장미꽃이 이보다 더 붉을까. 겨우내 풀무질한 열정을 붉은 새순으로 지상에 선보이니 이름하여 붉은대극이다.

한두 개가 아니라 여러 개가 동시에 올라오기에 붉은대극의 등장은 극적이다. 대체 어디서 온 붉은색일까. 땅속에 붉은 물을 뿜어내는 펌프라도 있는 걸까. 심장이 있다면 토마토처럼 붉은색일 것이다.

적당히 살려고 한다면 어려울 것도 없다. 서둘지 않고 느지막이 연초록 잎과 줄기를 내어 다른 꽃들과 함께 푸른 하늘, 푸른 땅을 나눠 갖고 살다가 예쁜 꽃 하나 만들면 그만이다. 그걸 모르는 바 아니지만 남들과 똑같이 사는 건 붉은대극답지 않아서 하지 않는다. 온몸에 불 밝혀 토해내는 붉은 속잎! 불똥 없는 불꽃이 튀는, 꽃보다 붉은 열정! 그것이 붉은대극이 우리에게 하고 싶은 말이다.

묻어둔 비책
한계령풀

험준하기로 유명한 설악산에서도 해발 1000미터가 넘는 고개이자 영동과 영서를 가르는 분수령, 다가갈수록 눈물 나게 어깨를 밀어내 접근하기조차 쉽지 않은 곳, 그곳에 한계령풀이 산다.

높은 산에는 아직 눈발이 그치지 않는 4월 말. 한계령풀은 끝이 둥글둥글한 초록 잎을 내어 손가락 퍼듯 펼친다. 눈바람에 맞서기에는 너무나도 연약한 몸을 하고 서서 노랗게 부풀린 꽃차례가 무겁다는 듯 고개를 늘어뜨린다. 한두 포기가 아니라 크게 무리 지어 자라기에 한계령풀을 만나는 기쁨은 더욱 특별하다.

한계령풀은 까만 씨가 든 열매를 맺고 나면 흔적도 없이 사라져버린다. 그래서 한계령풀의 불가사의한 생태를 제대로 알기 전까지는 한두해살이풀로 여겼다. 그러다 땅속 깊은 곳에 감춰둔 덩이뿌리의 존재가 드러나면서 여러해살이풀인 것이 밝혀졌다. 북한에서는 한계령풀의 덩이뿌리를 '메감자'라 하여 녹말을 우려내 먹기도 한다는데, 쓴맛을 빼는 데만도 여러 날이 걸린다.

한계령풀이 덩이뿌리를 땅속 깊숙이 숨겨둔 이유는 뭘까? 그건 누가 지상의 잎과 꽃을 끊어가더라도 다음 해에 다시 잎을 틔우고 꽃을 피울 수 있게 하는 비책이다. 그 높은 곳에 깃들어 살려면 그 정도 비책은 묻어둬야 하지 않을까.

부끄럽지 않은 빈손
돌단풍

얼었던 계곡물이 풀려가면 주변 바위에 세 들어 살던 식솔들도 하나둘 깨어난다. 바위보다 더 단단한 뿌리를 내려박고 살던 돌단풍도 단풍잎 같은 잎을 흔들어 보인다. 단풍 하면 가을이 제철이지만 돌단풍은 이때 벌써 붉게 물든다. 잎과 함께 돋아나는 꽃봉오리는 쌀알 덩어리를 쥔 듯하다. 좀더 기운을 이어받으면 뽑아 올리듯 자라 꽃차례를 펴면서 수십 송이의 올망졸망한 하얀 꽃들을 내보인다. 이 모습을 백합에 빗대어 '바위나리'라 부르기도 한다.

돌단풍이 뿌리내린 곳은 세상에서 가장 안전하다. 사람 손에 닿는다 해도 뽑히는 건 잎뿐이라 흙 한 줌 없는 바위일지언정 안심하고 뿌리를 묻는다.

가진 것 없는 삶이래도 아쉬울 건 없다. 맑은 계곡물의 포말에 제 몸을 씻기고 또 씻기며 쏟아지는 하늘빛을 널찍한 손바닥으로 감사히 받아든다. 끝내는 빈손이지만 자연이 주는 것 외에는 손 벌리지 않는다.

탓하는 이 아무도 없고 시비 거는 이 아무도 없는 한적한 계곡 바위틈에서 물처럼 바위처럼 사는 돌단풍. 부끄럽지 않은 빈손이기에 언제든 세상과 악수할 수 있다.

4~6월에 꽃피는 여러해살이풀
개울가의 바위틈

바위보다 단단해진 풀
암대극

최대한 바다에 더 가까이! 짠물이 범할까 말까 한 아슬아슬한 경계의 바위틈에 암대극은 발목을 디민다. 바위가 아니라 흙이 더 좋았더라면 바다가 아니라 산으로 갔을 것이다. 더 가까이에서 바다를 호흡하고 더 높은 하늘 우러르며 생의 정점을 향해 불타오른다.

바다는 제주 바다라야 좋다. 거친 바람이 와서 흔들어댈수록 줄기는 굵어진다. 강해질 대로 강해진 몸에서는 술잔 모양의 노란색 꽃이 꿈틀댄다. 검게 남은 화산석의 가장 뜨거웠던 때를 기억한다는 듯 불꽃 같은 꽃을 피운다.

그러나 마냥 좋은 것만은 아니다. 바다의 품은 언제 변할지 모른다. 잔잔히 미소 짓다가도 험상궂은 얼굴로 돌변하기 일쑤다. 커다란 배도 뒤집어버릴 듯 태풍과 폭풍우가 몇 차례나 지나가고, 작열하는 한여름의 태양빛에 그대로 얼굴 드러낸 채 살아야 한다. 바다에서 살려면 그 정도 통과의례는 반드시 거쳐야 한다. 그 모든 시련을 통과한 자에게만 이 남쪽 바다는 파란 하늘을 열어 아름다운 풍광을 허락한다.

그렇게 여러 날이 지나는 동안에 암대극은 바위보다 자신이 더 단단해짐을 느낀다. 단단해질 대로 단단해진 제 몸이 더 이상 풀꽃이 아니라고 믿는다.

버텨내는 힘
갯완두

소금기를 머금은 바닷바람 속에서 완두콩이 자란다. 그냥 완두콩은 아니고 갯가에 완전히 적응한 갯완두다. 바닷물이 들어올락 말락 하는 지역을 경계처럼 표시하듯 갯완두는 최대한 바다 가까이에 나아가 무리 지어 자란다.

바닷가에서 뿌리를 길게 내리고 살려면 짠물이 토해내는 염기에도 끄떡없어야 한다. 또한 미역줄기처럼 끈적끈적한 바닷바람도 견뎌낼 줄 알아야 한다. 수시로 흔들어대는 해풍에 시달려도 끝끝내 버텨내는 힘을 가져야 바닷가 모래땅에서 살아갈 자격이 주어진다.

다른 물체를 휘감고 위로 오를 줄만 아는 완두콩은 엄두도 못 낼 일이다. 갯완두는 위로 오르기보다 비스듬히 누워 땅 위를 기면서, 그렇게 조금씩 제 영토를 넓혀간다.

비릿한 갯내음 품고 자란 완두콩이 바닷가 모래땅에 적응하니 갯완두가 되었다. 바다가 두렵지 않은 모래땅의 정복자가 되었다.

5~6월에 꽃피는 여러해살이풀
바닷가의 모래땅

묻어가는 꽃이 아니다
연복초

4~5월에 꽃피는 여러해살이풀
산지의 숲 속

처음에 싹만 올라왔을 때는 뭔지 잘 모른다. 작지만 대개 군락을 이루어 자라기에 작은 잎만 잔뜩 올라온 모습이다. '너는 커서 뭐가 되려나?' 하고 계속 살펴보면 오래지 않아 꽃줄기를 올린다. 다 커봐야 손가락 하나 길이를 벗어나지 못한다. 꽃줄기 끝에 매달린 꽃을 보면 그것은 연복초다.

연복초는 꽃이 무척 작은데다 잎과 같은 녹황색이다 보니 자세히 보려면 돋보기나 확대경이 필요하다. 흥미롭게도 연복초 꽃은 두 가지 형태의 꽃이 결합돼 있다. 정수리 부분과 주변부로 나누어 주사위처럼 입체적인 배열을 보인다.

정수리 쪽에 달리는 한 개의 꽃은 꽃부리가 4개로 갈라지고 수술은 8개다. 그에 비해 주변부를 둘러 피는 네 개의 꽃은 보통 꽃부리가 5개이고 수술이 10개다. 정수리 쪽 꽃의 꽃부리와 수술이 작은 것은 효율성을 높이려는 배열의 묘수다. 좁은 공간에 정육면체 형태로 여러 개의 꽃을 달려다 보니 정수리 쪽의 꽃은 꽃부리가 4개로 갈라져야 꽃부리가 5개로 갈라지는 주변부의 꽃과 겹치지 않는다.

연복초(連福草)라는 이름은 복수초를 캘 때 딸려 나오는 풀이라는 뜻이다. 그러나 사실 복수초와 연복초가 이웃해서 사는 일은 드물어서 연달아 나오는 경우는 더더욱 드물다. 복수초 따로, 연복초 따로다. 사실이 어떻건 복수초에 묻어가는 꽃이라는 인상은 지울 길 없다. 복수초보다 작다 보니 그런 듯하지만 연복초는 누구한테 절대 기대는 법 없다. 저리도 남다른 꽃을 피우는 것만 봐도 알 수 있다.

벼랑 끝의 전설
섬개야광나무

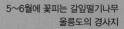

5~6월에 꽃피는 갈잎떨기나무
울릉도의 경사지

언제부터 이 먼 섬에서 살게 되었을까. 섬개야광나무는 세상에 오직 한 곳 오직 울릉도의 깎아지른 벼랑에서만 산다. 그러다 보니 한국특산종 하고도 멸종위기 I급이라는 지체 높은 신분을 가졌다.

섬개야광나무는 사람만한 키로 서서 푸른 동해를 내려다보며 자라는 나무다. 아마도 울릉도와 동해를 거쳐 가는 수많은 배들을 섬개야광나무는 지켜보았을 것이다. 동이 트기 전에 고기 잡으러 나가는 배도 보고, 만선이 되어 돌아오는 오징어잡이배도 보고, 울릉도로 들어오는 사람, 떠나가는 사람 모두 보면서 울릉도의 짧지 않은 역사와 함께했을 것이다.

가을이 깊어가면 섬개야광나무의 열매는 점점 붉어져 흑자색으로 익는다. 그때 입에 넣어보면 제법 단맛이 난다. 울릉도의 해풍과 태양의 손길이 가으내 주물러준 열매로 섬의 새들이 겨울을 난다.

먼 섬의 벼랑 끝에 겨우 몇몇이 남아 있는 섬개야광나무는 수목원의 낮은 곳에 심어도 별 탈 없이 잘 자란다. 사람들을 피해 점점 높이 올라갔을 뿐 섬개야광나무라고 해서 그 먼 곳의 벼랑 끝에서만 살고 싶지는 않을 것이다. 고고한 높이에 서면 더 먼 나라의 이야기가 바람에 실려올까. 울릉도에서도 깎아지른 벼랑 위에 전설처럼 섬개야광나무가 산다.

높은 곳에 살려면
설앵초

설앵초는 앵초로서의 평범한 삶을 뒤로 하고 높은 산을 택해 올라갔다. 이른 봄에도 곧잘 폭설 수준의 눈이 내려 쌓이는 곳을 터전으로 삼았기에 설앵초(雪櫻草)라 불린다.

세상에 공짜는 없는 법. 설앵초가 살아가는 곳이라면 일단 열악한 환경에서 적은 양분으로 살아갈 줄 알아야 한다. 욕심을 부려서는 안 되지만 욕심을 부릴 수도 없다. 적은 양분으로 버텨내야 하고 모진 비바람에 적응하기 위해 몸을 낮춰야 한다. 꽃이나 잎도 더 작게 만들어야 한다.

높은 곳에서의 삶은 살아가기보다 지켜가는 것이다. 그런 곳에서 설앵초는 분홍색 하트 모양의 꽃을 만들어내기 위해 온 힘을 쏟는다. 사람들이 거친 숨을 몰아쉬어야 하는 곳에서 설앵초의 분홍색 꽃은 더욱 빛난다.

좀더 높은 곳에 오르고 싶다면 좀더 많은 자격을 갖춰야 한다. 좀더 많은 인내와 고독을 감내해야 한다. 그러면 더 높은 세상이 눈앞에 열린다.

고집과 오기
흰그늘용담

제주도 한라산 1500미터 고지는 올라야 흰그늘용담 작은 꽃과 눈높이를 맞출 수 있다. 사람들에게 알려지기 훨씬 전에 흰그늘용담은 한라산에 올랐을 것이다. 이름과 달리 볕이 잘 드는 지대에 자리 잡고, 용의 쓸개만큼이나 쓰다는 용담의 뿌리를 품고, 뿌리잎을 방석처럼 비스듬히 펼치고 앉아 줄기 끝에 깔때기 모양의 꽃을 피웠을 것이다. 그리하여 청자색 꽃이 피는 용담과 달리 흰그늘용담의 낯빛은 깔끔한 흰색으로 변했고 키는 아주 작아졌다.

흰그늘용담은 한라산에 올라 그곳에서만 발붙이고 살아간다. 안 그랬으면 낮은 산의 풀밭에서 평범한 용담으로 살아갔을 것이다. 남들 보기엔 무모해 보일 수도 있겠으나 그것은 삶을 지탱하는 고집과 오기.

흰그늘용담을 보려면 그가 가진 고집과 오기를 가지고 한라산의 윗세오름에 올라야 한다. 흰그늘용담보다 조금 더 고집과 오기를 부리면 한라산 정상 백록담이 코앞이다.

5~6월에 꽃피는 두해살이풀
한라산의 고지대

단순하게 가볍게
땅채송화

추억의 꽃, 채송화를 닮은 꽃이 바닷가 바위틈에 촘촘히 박혀 있다. 얼마나 작은지 이름도 땅채송화다. 바닷가 주변 바위나 단단한 땅 위에 자리하고서는 작게 축소한 선인장처럼 간편하고 단출하게 산다.

　내 것이라 따로 챙겨두진 않아도 가진 것은 많다. 드넓은 바다와 파란 하늘을 내 것인 양 누린다. 따뜻한 햇볕과 출렁이는 파도소리 들리니 좁고 단단한 바위도 평화로운 안식처다. 그 이상은 욕심. 그걸 알기에 바위와 키를 맞추고 잎도 통통하고 짧게 만든다. 그리고도 샛노란 꽃을 환희로 피운다.

　복잡한 세상에서 한발 물러나 자연이 허락한 것만 누리며 기쁘게 꽃을 피우는 이, 땅채송화다. 단순하게, 가볍게, 버리고 또 버리는 삶이다.

5~7월에 꽃피는 여러해살이풀
바닷가의 바위틈

세상에서 가장 작은 거목
암매

세계에서 가장 작은 나무가 우리나라에 있다. 그것도 늘푸른넓은잎나무로 남북한 통틀어서 한라산 백록담 암벽지대에서만 자란다. 그 주인공은 바로 암매(岩梅)다. 바위에서 매화 닮은 꽃을 피운다 하여 '돌매화'라 하던 것을 한자로 바꾼 이름이다.

암매는 빙하기를 틈타 한라산 꼭대기에 내려왔다가 아예 눌러앉았다. 높은 산의 강한 바람에 순응하기 위해 잎은 더욱 작게 만들고 몸은 땅바닥에 납작하게 엎드렸다. 높이 올라갈수록 버리고 또 버려야 함을 암매는 보여준다. 내리쬐는 직사광선에 견디기 위해 잎은 광택이 나는 큐티클로 감쌌다. 모진 눈바람을 온몸으로 맞고 흘러가는 구름에서 한 줄 수분을 얻어 살면서 모든 걸 발아래에 둔 지위를 누린다.

꽃은 여름이 성큼 다가왔을 무렵에 핀다. 잎이 작은 것이 한스러운지 꽃만큼은 잎보다 크다. 예전에 쓰였던 1원짜리 동전에 새겨진 무궁화만 하다. 매화에 견주기에는 아까울 정도로 특별한 매력을 가진 유백색 꽃이다.

백록담에서도 양분이라고는 찾아볼 길 없는 암벽 위를 터전 삼은 암매. 흙 한 줌 없는 바위틈에서 생존의 시험무대 같은 한라산의 사계를 견뎌내며 세상에서 가장 작은 나무가 되어 산다. 세상에서 가장 작은 거목으로 산다.

6월에 꽃이 피는 늘푸른떨기나무
한라산 정상 주변

제일 먼저 내딛은 발
매화노루발

푸른 잎을 단 채 겨울을 이겨내고 봄이 한창이면 노루발풀에 뒤이어 매화노루발도 꽃이 핀다. 둘 다 부끄러운 듯 아래를 향해 꽃을 피운다. 노루발풀이 가로등 같다면 매화노루발은 공부방에 켜놓은 작은 스탠드 같다. 꼭 매화를 닮은 건 아니지만 그만큼 예쁘장하다.

　매화노루발은 바닷가 소나무밭에서 흔히 자란다. 소나무가 일종의 살균성분인 피톤치드를 내뿜기 때문에 솔잎이 떨어진 곳에는 진달래 같은 나무 외에 다른 식물은 자라기 어렵다. 그럼에도 매화노루발은 솔밭 깊숙이 뿌리를 밀어 넣고 끄떡없이 잘 자란다. 이웃사촌인 노루발풀 외에 별다른 경쟁자도 없어 매화노루발이 한번 자리를 잡으면 그 일대가 모두 매화노루발 차지가 된다. 아무도 눈 돌리지 않았던 소나무 곁의 삶. 매화노루발이 개척한 블루오션인 셈이다.

　아무도 가지 않은 곳에도 길이 있다. 그런 곳은 곧 자신의 길이 된다. 제일 먼저 내딛는 발이 길을 만들어간다. 소나무 숲으로 맨 처음 걸어 들어간 매화노루발도 길이 되었다.

6~7월에 꽃이 피는 늘푸른여러해살이풀
숲 속

03

빛을 바라다보니
빛을 닮았다

그 외딴 섬에
그토록 아름다운 꽃이 있을 줄
누가 알았을까.

오랜 준비 끝에 피는 꽃
미선나무

4월에 꽃이 피는 갈잎떨기나무
경기도와 충청도의 산기슭

미선나무는 그야말로 귀하신 몸이다. 세계에서 유일한 미선나무속에서도 단 1종만이 존재한다. 그렇기에 미선나무는 새로운 자생지가 발견되는 즉시 천연기념물로 지정되는 영광을 자자손손 누린다. 충북 괴산 인근을 비롯하여 전북 내변산 일대에서 속속 그들만의 보금자리가 발견된다.

미선나무를 모르는 사람이라면 하얀색 개나리를 떠올리면 된다. 개나리보다 조금 작은 꽃이 팝콘처럼 새하얀 꽃봉오리를 튀겨내면 가지마다 층을 이룬 아름다움이 돋보인다. 꽃의 색이 연분홍을 띠면 분홍미선, 상아색이면 상아미선, 꽃받침 빛깔이 푸른색이면 푸른미선이라고 품종을 나누기도 한다.

향기 없는 개나리와 달리 미선나무는 벌이 좋아하는 꿀 향기를 지녔다. 톡 쏘는 달콤한 향기 또한 세계 유일의 봄 향기다.

미선나무의 이름은 꼬리 미(尾)자를 쓰는 '미선(尾扇)'이라는 이름의 부채에서 유래되었다. 임금님을 모시는 시녀들이 들고 있는 부채가 미선나무 열매와 비슷하기 때문이다.

사실 미선나무의 진정한 아름다움은 그 내면에 있다. 미선나무는 지난해의 겨울부터 흑자색 꽃봉오리를 마련해둔다. 겨우내 그 꽃봉오리를 매단 채 바람을 맞고 눈을 맞는다. 모진 시련 다 이겨내고 나서 봄이 되면 꽃봉오리를 활짝 열어 보인다. 오랜 준비 끝에 피는 꽃이 어찌 아름답지 않을까. 겉도 속도 아름다운 미선나무다.

세계 제일의 푸른 기상
구상나무

5~6월에 꽃이 피는 늘푸른바늘잎나무
높은 산

구상나무의 푸른 기상은 세계 유일이자 제일이다. 우리나라에서도 지리산이나 한라산을 비롯해 최소한 덕유산 이상의 높은 산이 아니고서는 알현하기 어려운 나무다. 특히 높이마다 다른 빛을 보여주는 한라산 정상 근처에서 자라는 구상나무 군락은 세계가 알아주는 자랑거리다.

최고 장관은 백록담 정상에서 관음사로 내려가는 길에 만나는 구상나무 군락이다. 구름을 머리에 이고 제주의 바다를 배경으로 의연히 서 있는 모습도 경이롭지만 한두 그루가 아니라 빽빽한 숲을 이루고 있는 광경 앞에서는 절로 탄성이 인다. 세계에서 오로지 우리나라 한라산에서만 펼쳐지는 벅찬 풍경이다.

구상나무 꽃은 암꽃이삭과 수꽃이삭이 한 나무에 따로 달리는데 솔방울처럼 생긴 암꽃이삭은 갈색, 푸른색, 붉은색, 검은색 등 여러 색이다. 분비나무와 형제지간이지만 열매 실편 끝이 뒤로 젖히는 점이 분명히 달라서 세계 유일 종으로 인정받았다.

균형 잡힌 수형 덕분에 구상나무는 외국에서 크리스마스트리로 인기가 높다. 하지만 분명 자랑스러운 우리 나무임에도 불구하고 외화벌이는 하지 못한다. 우리가 구상나무의 진가를 채 알아보기 전에 다른 나라로 종자가 유출되었기 때문이다. "그건 원래 우리 것!"이라고 주장하기엔 이미 늦었다.

계약서 없는 계약
깽깽이풀

깽깽이풀의 삶도 참 모진 편이다. 단아한 외양에다 쓰임새가 많아서인지 탐하는 손길이 많아 멸종위기II급으로 지정되기에 이르렀다. 한방에서 모황련(毛黃連)이라 부르는 뿌리 부분은 열을 내리거나 염증을 치료하는 데 쓰인다. 예전에는 노란색 뿌리를 물에 담가 우린 뒤 옷감을 물들이는 염료로 썼다고 한다.

봄의 방문을 받기가 무섭게 깽깽이풀은 꽃봉오리와 함께 잎을 만들어 올린다. 강한 자외선으로부터 스스로를 보호하기 위해 처음에 나오는 잎은 대개 붉은색을 띠고 모양도 방패처럼 생겼다. 잎보다 길고 가냘프게 자라나는 꽃줄기는 끝에 양산처럼 말린 꽃봉오리를 들고 있다. 그러다 볕살이 한층 따사로워지면 스르르 연보라색 꽃을 열어 보인다. 대여섯 장의 꽃잎으로 된 꽃은 바람 불면 금방이라도 날아가 버릴 듯하다. 워낙 연약해서 누가 건드리기라도 하면 금세 꽃잎을 떨어뜨린다.

깽깽이풀은 꽃가루받이에 이어 번식까지 곤충을 부릴 줄 안다. 끝이 부리처럼 뾰족한 열매는 익으면 한쪽 끝이 벌어지면서 씨를 드러낸다. 그 씨의 밑 부분에 들러붙은 당분 덩어리를 개미들이 물고 가서 먹고 버리면 남은 씨에서 싹이 튼다. 그래서 깽깽이풀은 개미들의 활동 범위만큼 띄엄띄엄 자란다. 그 모습이 마치 깽깽이(앙감질) 걸음으로 뛰어간 것 같다 하여 깽깽이풀이라는 이름을 얻었다.

깽깽이풀은 관계의 중요성을 안다. 개미와의 약속을 어기지 않고 해마다 열매를 맺어 그 관계를 유지하기 때문에 자손이 유지된다. 서로 살게 하는 관계가 지속된다. 때로는 계약서 없는 계약이 더 유효하다.

5~10월에 꽃피는 여러해살이풀
바닷가의 모래땅

여군이 된 발레리나
해란초

동해안의 모래땅은 해란초의 터전이다. 고운 모래 속에 뿌리를 묻고 도톰한 잎을 내어서는 동해에서 솟는 해를 매일 아침 바라보며 살아간다. 태양이 점점 고도를 높여가면 해란초는 주황색 무늬를 넣은 노란색 꽃을 몇 개씩 피워낸다. 꽃의 밑 부분이 모래땅에 닿아 있는 모습은 두 발 모으고 발끝으로 선 발레리나를 연상시킬 정도로 선이 가늘고 곱다.

　해란초를 보았다면 대개 동해의 어느 바닷가일 텐데, 한 군데 예외가 있다. 강원도 향로봉, 북한 땅이 바라보이는 일촉즉발의 장소에 뜬금없이 해란초가 자란다. 그 황당한 공간이동의 수수께끼는 제설용 모래에서 풀린다. 겨울철에 군용 차량이 지나다니는 임도에 뿌릴 제설용 모래를 동해안의 바닷가에서 채취했고, 그 모래에 섞여 들어간 해란초의 씨가 향로봉에서 발아한 것이다.

　해안에서 살다 멀고 높은 산으로 옮겨갔어도 해란초의 적응력은 군인 못지않다. 피어오르는 구름 덕에 습도가 잘 맞아서 그런지 아무런 문제 없이 향로봉에도 턱 하니 자리를 잡았다. 향로봉 해란초는 투철한 군인정신으로 꿋꿋이 최전방을 지키는 여군 같다.

고운 게 화근인가
칠보치마

칠보치마는 세상에서 가장 고운 이름의 치마다. 칠보단장(七寶丹粧)한 치마라면 얼마나 좋을까마는 경기도 수원시 칠보산에서 처음 발견되었고 잎을 치마처럼 펼치고 있는 풀꽃이어서 칠보치마다.

칠보산(七寶山)은 원래 여덟 가지의 보물(산삼, 맷돌, 잣나무, 황금수탉, 호랑이, 사찰, 장사, 금)이 있었다고 해서 팔보산이었는데, 그중 황금수탉이 없어져서 칠보산이 되었다고 전해진다. 황금수탉 대신 칠보치마라도 넣어서 다시 팔보산으로 되돌리면 좋으련만 애석하게도 지금은 칠보산에서 칠보치마마저 사라졌다. 제대로 알려지기도 전에 손을 타 씨가 마른 탓이다.

그러던 것이 칠보산에서 뚝 떨어진 경남 남해에서 대규모로 발견되었다. 만약 칠보산이 아니라 그곳에서 먼저 발견되었더라면 남해치마가 됐으려나.

칠보치마는 열 개 정도의 잎을 바닥에 곱게 펼치고 있다가 여름이 되면 길고 늘씬한 꽃줄기를 피워 올린다. 그 끝에 주황색 꽃밥이 폭죽처럼 터진 꽃이 돌아가며 피면 범꼬리처럼 보이기도 한다.

칠보치마는 칠보단장한 치마는 아니지만 이름에 걸맞은 아름다움을 지녔다. 범상치 않은 외모 탓에 탐하는 이가 많아 벌써 남해의 것도 많은 수가 사라졌다. 꽃도 고와야 눈길을 끄는 법. 그러나 칠보치마를 보면 고운 게 화근이다. '미화박명'인가 보다.

빛을 바라다보니 빛을 닮았다

오로지 도전이다
모데미풀

모데미풀은 명실 공히 한국을 대표한다. 오로지 우리 땅에서만 자라고 웬만한 높이의 산에는 발도 붙이지 않는다. 오르고 또 오르다 다리가 척척 접히는 높이의 습한 산지에 다다라야 겨우 알현할 수 있는 귀하신 몸이다.

4월에도 때 아닌 눈발이 날리거나 상고대가 피어나는 산 정상 근처면 더욱 좋다. 갑작스레 몰려오는 추위 따위는 두렵지 않다. 집어삼킬 듯 불어대는 바람쯤은 얼마든지 견뎌낸다. 오히려 그런 악조건을 이기며 자신을 시험할 수 있는 곳이라야 모데미풀은 살아보겠다 자리 잡는다.

범접하기 어려운 곳에 사는 덕에 모데미풀은 순수 혈통을 유지한다. 고지대의 이슬방울을 발밑에 모아두고 살기에 안 그래도 잡티 하나 없는 하얀 꽃은 더욱 고결하게 빛난다.

끊임없이 도전하는 작은 꽃. 모데이풀은 또 이겨낼 것이다. 모진 바람 몰아쳐대는 높은 산의 열악한 환경과의 싸움에서도, 끝내는 자신과의 싸움에서도 승리할 것이다.

남다른 결과를 낼 줄 아는 이
연영초

4~5월에 꽃피는 여러해살이풀
지리산 이북의 깊은 산

연영초의 원래 이름은 연령초(延齡草), 수명을 연장해주는 풀이라는 뜻이다. 아무 데서나 그런 약효를 길어 올릴 순 없지 않겠냐는 듯 연영초는 깊은 산 물 맑은 곳에서만 산다. 석 장씩 달리는 흰색 꽃잎은 간호사들이 쓰는 모자를 닮았다. 잎맥이 선명한 넓은 잎으로 땅, 물, 바람, 햇볕까지 산의 영험한 기운을 모두 모아 중풍이나 담에 좋은 약효를 품는다.

똑같은 자리에서 똑같은 기운을 받고 자란다고 해서 모두 연영초가 되는 것은 아니다. 품는 방법이 평범하면 평범한 약효만을 갖게 될 뿐이다. 받아놓은 여러 기운을 제 몸속에서 잘 조합하여 명약의 효능을 품을 수 있어야 연영초의 이름을 얻는다. 무엇을 먹고 마시는가보다 어떻게 자기의 것으로 만드느냐가 관건이다. 그래서 같은 물이라도 뱀이 마시면 독이 되고 연영초가 마시면 약이 된다.

같은 일을 맡겨도 남다른 결과를 낼 줄 아는 이에게는 분명 남다른 노하우가 있다. 그것이 사람의 수명을 연장시켜주기도 하고, 큰일도 가능하게 한다. 주어진 환경보다 어떤 자세로 임하는지가 더 중요함을 연영초는 보여준다.

봄날의 희열
히어리

히어리가 벋어가는 하늘에도 맑은 날이 지나고 흐린 날이 지난다. 그러는 동안에도 히어리는 나날이 겨울눈을 부풀려간다. 몸 밖보다 몸속이 더 분주해질 무렵 구리선 같은 몸으로 전기가 통하듯 번쩍 하고 전해지면 노란 꽃전구에 불이 켜진다. 아래를 향해 조롱조롱 매달린 수백 개의 꽃송이가 일제히 피어나면 노란색 초롱을 손에 든 듯 주위가 다 환해진다. 빨간 꽃밥 알알이 터지면 벌도 그제야 꽃인 줄 알고 달려든다.

히어리는 오로지 우리나라에서만 자라는 귀하고 고마운 나무다. 전남 송광사에서 처음 모습을 드러냈을 때에는 '송광납판화'라는 투박한 이름으로 불렸다. 그러던 것이 전남 백운산, 경기 광교산, 강원 백운산, 남해 금산 등지에서도 발견되면서 우리나라를 대표하는 나무로 자리매김했다. 요즘은 히어리 한두 그루 없는 수목원이 없다.

귀하신 몸이다 보니 비슷하게 생긴 나무들이 히어리로 둔갑하기도 한다. 그러나 비슷한 경쟁자들 사이에서 히어리는 더욱 빛난다. 진짜 생명력이 여기에 있기 때문이다.

꽃이 지고 나면 널찍한 잎을 내어 온 가지를 뒤덮는다. 가을이 깊어갈수록 노란 단풍도 짙어지고 이윽고 두 개의 뿔이 달린 방울 모양의 열매를 남긴다. 가을바람에 부르르 몸을 털어 그 열매마저 떨어뜨려 다시 빈 몸이 되면 히어리는 겨울 속으로 간다. 그때부터 히어리의 몸속에선 새로운 기다림이 자리 잡는다. 다시 돌아올 따뜻한 봄날의 희열이.

예쁘고 힘 없는 죄
광릉요강꽃

꽃이 요강을 닮았고 광릉에서 처음 발견되었다 하여 광릉요강꽃이다. '치마난초'라는 이름이 귀에는 더 정겹다. 두 장으로 벌어지는 넓은 잎이 치마를 펼쳐놓은 것 같아 붙은 이름이다. 잎 모양은 어찌 보면 가리비 같기도 하다. 그 큼지막한 잎 사이에서 기특하게도 할머니가 쓰시던 요강 모양의 꽃이 올라온다. 앞쪽이 터져서 요강으로 쓰기는 좀 어렵겠지만 꽃은 매우 크고 탐스럽다. 땅속에서 옆으로 벋는 뿌리로 인해 무리를 이루곤 하는데, 여러 송이의 꽃이 일시에 피어나면 누구나 대번에 반하고 만다.

그래서인지 광릉요강꽃은 나타나는 족족 사라지는 험한 꼴을 당한다. 광릉요강꽃은 사는 자리를 옮기면 땅속 곰팡이와 공생관계가 깨져서 죽는다. 그 사실을 알 리 없는 이의 손에 마구잡이로 보쌈을 당해 죽음으로 내몰리는 격이다.

그 바람에 이제는 철창에 가둬진 신세가 되기도 하고 미스코리아가 아니라 멸종위기 I 급으로 지정되는 씁쓸한 영예를 안기에 이르렀다.

사람이나 꽃이나 예쁘면 오래가지 못하는 모양이다. 광릉요강꽃이 나타났다는 소문이 나면 사라지기 바쁘니 구경조차 힘들다. 예쁘고 힘 없는 죄다.

볕 들면 꽃 벌고
순채

여름은 수생식물의 계절이다. 순채도 때를 놓치지 않고 물 밖 세상으로 고개를 내민다. 오래된 연못에서 드물게 자라지만 있는 곳에서는 셀 수 없이 많이 자란다.

처음에 뿌리에서 성냥개비 모양으로 말려 나오는 어린잎은 개구리 알처럼 물컹하고 미끄덩한 점액질에 둘러싸인다. 젤리나 한천질 같기도 하고 어찌 보면 콧물 비슷하다. 어린순을 강한 자외선으로부터 보호하는 보호막이다. 점액질이 그대로 남아 있는 빨간 어린순은 고급 전채 요리의 재료로 쓰기도 한다. 둥근 방패 모양으로 잎이 다 펼쳐져서 물 위에 뜨고 나면 점액질은 임무를 다했다는 듯 사라진다.

꽃도 물 밖 사정이 궁금해지면 고개를 내민다. 한여름 태양이 물을 따뜻하게 데워주면 순채도 이때다 하고 꽃을 피운다. 꽃가루받이만큼은 곤충의 힘을 빌려야 하기에 꽃은 당연히 물 밖으로 내놓아야 한다.

대개의 수생식물이 그러하듯 순채의 꽃도 철저히 해바라기를 한다. 볕이 들면 꽃을 벌고 볕이 약해지면 꽃잎을 닫아 담배꽁초 같은 모습이 된다. 해를 따르지 않으면 평생 물속에나 있어야 한다.

지금은 오래된 연못이나 겨우 남아 있는 보호해야 할 식물이 되었지만, 예전에는 어린 순으로 국을 끓여 먹기도 했다. 국거리 나무에서 보호식물로의 신분 상승이 씁쓸한 건 왜일까. 신분이 상승한 만큼 외로워진 순채. 차라리 누구나와 어울려 놀던 그 시절이 순채는 그립다.

5~8월에 꽃피는 여러해살이풀
오래된 연못

꿈쩍하나 봐라
산솜다리

낮은 산이 와서 같이 좀 살아보자고 해도 산솜다리는 꿈쩍도 하지 않는다. 설악산보다 더 높고 험한 곳이 없어서 설악산에서 산다. 설악산 중에서도 제일 높은 곳, 한 줌 흙이라도 있는 바위지대라야 산솜다리는 뿌리를 묻고 살아간다.

6월의 햇살이 뜨거워도 산솜다리는 솜털 외투를 껴입은 채 솜털 부숭한 꽃을 피운다. 오밀조밀한 꽃이 머리 모양의 꽃차례에 한 접시 준비된다. 특별히 멋 부리는 것도 없다. 그나마 금강산에서 자라는 솜다리의 꽃은 엉성한 별 모양인 데 비해 산솜다리는 그래도 완벽한 별 모양이다.

한국의 에델바이스라고 부르는 사람도 있지만, 산솜다리의 자존심은 이 호칭을 거부한다. 에델바이스더러 알프스의 산솜다리라 하면 모를까. 세계에서 오직 우리나라에서만 자라고, 우리나라에서도 오직 설악산, 그것도 가장 높은 곳에서만 자라는 산솜다리. 자존심은 아무나 내세우는 게 아니다. 남들과는 다른 길을 선택해 최고가 된 자만이 누릴 수 있는 것이다.

6~7월에 꽃피는 여러해살이풀
설악산 이북의 높은 산

만년을 사는 콩나무
만년콩

6~7월에 꽃피는 늘푸른떨기나무
제주도의 계곡

이름부터 낯선 만년콩은 제주도 남쪽 숲의 계곡 주변에서 매우 드물게 자란다. 정말로 만년을 사는 건 아니고, 늘 푸른 상록성으로 오래 사는 콩과 식물이다. 말이 콩이지 만년콩은 엄연히 나무다. 나무치고는 크지 않은 편이어서 사람의 무릎 높이를 넘지 않는 게 보통이다. 더디게 자라는 작은 나무라 그런지 야생에서는 검푸른 잎이 석 장씩 달린 모습만 간혹 눈에 띈다. 생활상 자체가 신비로운 만년콩은 워낙 귀해서 멸종 직전이다.

여름을 향해 달리는 태양의 열기로 제주의 숲이 후끈 달아오를 즈음이면 만년콩에도 새하얀 꽃이 핀다. 꽃을 보면 축소한 아까시나무 꽃이 연상되는데, 아래로 늘어지는 게 아니라 위를 향해 곧추세워서 피는 점이 특이하다.

만년콩은 열매를 맺을 즈음이면 이름값을 확실히 한다. 신기하게도 꼬투리 없이 가지에 곧바로 씨가 달린다. 마치 까놓은 콩을 누가 붙여놓은 것 같다. 처음에는 초록색이던 것이 점점 검게 익으면 정말로 검은 콩 같다. 꼬투리가 없으니 콩깍지도 없어 만년콩은 눈에 콩깍지가 씰 일은 없다.

사람은 콩깍지가 씌어야 연애도 하고 결혼도 하고 살아가는데, 만년콩은 콩깍지가 없이도 할 건 다 한다. 천년만년 알콩달콩 함께 살 동반자는 찾았을까? 안 될 때 안 되더라도 콩깍지는 한 번쯤 씌어보아야 후회 없다.

엇갈리는 평가
매화마름

꽃은 매화 같고 잎은 붕어마름을 닮았다 하여 매화마름이다. 신분은 멸종위기식물 II 급이다. 어떤 위기를 맞고 있나 하고 봄날 하루를 내어 찾아가 보면 매화마름은 농사를 짓기 위해 물을 받아놓은 무논에 한가득 피어 있다. 멸종위기라는 사실이 무색하다.

멸종위기보다는 실종위기가 적절하지 않을까 싶을 정도로 꽃은 새끼손톱보다도 작다. 꽃잎은 흰색이고 안쪽의 노란색 무늬가 매화마름이 치장한 것의 전부다. 비라도 내리면 꽃잎을 새하얗게 물 위에 떨어뜨려 놓기도 한다. 있는 곳에서는 놀랍도록 많은 것이 사실이나 살아가

는 곳이 논인지라 언제 사라질지 모르는 멸종위기식물로 대우한다.

　그러나 그것도 그렇게 생각하는 사람에 한해서다. 농부들에게는 한 낱 성가신 잡초에 지나지 않는다. 농사를 방해하는 잡스런 풀로 보고는 걷어내기에 바쁘다. 상대에 따라 엇갈린 평가를 받더라도 크게 실망할 건 없다. 나를 인정해주고 올바르게 평가해주는 이가 있으면 기회는 언제든 오게 되어 있으니까. 보는 이에 따라 멸종위기식물이기도 하고 귀찮기만 한 잡초이기도 한 것이 매화마름의 얄궂은 운명이다.

4~5월에 꽃피는 두해살이풀
풀밭이나 길가의 빈터

행복한 광대놀이
광대나물

세상 살아가는 일이 다 광대짓 같다 싶을 때면 광대나물 한번 들여다볼 일이다. 기다란 빨대 같기도 하고 입술처럼 생긴 꽃이 발그레하게 웃는다면 광대나물이다. 입술보다 더 붉게 찍힌 반점이 애교스럽다. 치마 같기도 하고 임부복 같기도 한 잎을 몸에 두른 모습도 우스꽝스럽다. 너무 낮아 관심조차 가지 않는 높이에 꽃을 피워놓고도 광대나물은 주변 시선 의식 않고 광대놀이를 한다. 그 모습에 관객이 웃음 한번 지어준다면 스스로도 만족해할 것이다. 사람들 의식해 과장하고 으스대는 광대짓은 즐겁지 않다. 스스로 즐기고 남도 웃기면 그것이 진짜 광대. 남이 알아주지 않는 광대의 머리 위로도 똑같은 해가 뜨고 똑같은 계절이 지난다. 한 번쯤은 발길에 스쳤을 법한, 그 낮은 곳에 광대나물이 산다. 광대처럼 웃는다.

깊은 산일수록 명약을 품는다
백작약

깊은 산일수록 명약을 품는다. 인적이 뜸한 산에서 어쩌다 모습을 드러내는 백작약은 그곳이 깊은 산임을 알려주는 꽃으로, 약효도 으뜸이다. 만약 집 앞 마당 한쪽이라면 작약이나 자랄 것이다. 작약도 꽃이 크고 화려하며 약재로서 가치도 있으나 백작약에는 비할 바가 아니다.

봄눈 가시고 자줏빛 새순이 돋으면 백작약은 풀꽃치고는 큰 키를 훌쩍훌쩍 키운다. 그리고는 반질거리는 잎을 내어 날개처럼 펼치면서 깃봉을 닮은 주먹만 한 크기의 흰색 꽃봉오리를 불쑥 내민다. 순결한 흰 꽃이 가만히 열리면 시침·분침·초침 모양의 세 갈래로 된 암술이 가운데에 보이고 그 주변으로 여러 개의 노란색 수술이 훤히 드러난다. 기품 있는 모양이 백작이나 백작부인 같다.

백작약이 귀해진 데에는 큼지막하고 예쁜 꽃에도 이유가 있다. 함부로 캐어간 결과 좀더 깊은 산이 아니면 백작약 보기가 어려워졌다. 깊은 산의 정기와 양분을 받은 백작약은 통증과 부인병에 좋은 명약으로 통한다. 깊은 산에서 자라는 것치고 명약 아닌 게 어디 있을까만 백작약이 아니면 깊은 산의 영험함을 고스란히 담기도 어렵다.

더 많은 시간을 꽃으로 살지 않고
땅속으로 돌아가 뿌리로의 삶에 치중하는 이유는
이듬해 선보일 꿀을 준비하기 위해서다.

04

척박한 땅의 꽃이
더 향기롭다

큰 꽃으로 승부한다
큰꽃으아리

큰꽃으아리의 큰 꽃을 보면 "으아!" 소리가 절로 나온다. 으아리의 자잘한 꽃을 보고는 그런 소리가 나올 리 없지만 큰꽃으아리의 꽃은 덩굴에 달리는 꽃치고는 정말로 커서 누구나 입이 쩍 벌어질 만하다. 가는 줄기를 가졌어도 겨우내 죽지 않고 있다가 새순을 내고 꽃을 피우는 것부터 신기하다.

처음에는 다른 나무를 휘어감고 자라다가 촛불 모양 연둣빛 꽃봉오리를 들고 나타난다. 점점 흰색으로 변하며 쟁반 펼치듯 꽃이 벌어지면 숲 속이 다 환해진다. 가녀린 허리에서 뽑아낸 꽃이라고는 믿어지지 않을 만큼 크고 하얀 꽃이라 마치 순백의 신부를 보는 듯하다.

으아리가 여러 개의 작은 꽃으로 꽃가루받이의 조력자들을 섭외한다면 큰꽃으아리는 큰 꽃 하나로 승부한다. 꽃이 크니 큰 곤충들까지 편안하게 드나들 수 있다. 마치 넓은 주차장을 갖추고 손님을 모으는 음식점처럼 고객의 편리성을 높였다. 큰꽃으아리의 지혜이다. 5월의 신부 같던 꽃이 지고 나면 헝클어진 백발 같은 열매가 달린다. 검은 머리 파뿌리 될 때까지 살아낸 노부부처럼.

자기변화 전략
갯패랭이꽃

7~8월에 꽃피는 여러해살이풀
경남의 바닷가 주변

산지나 강가에서 자라는 패랭이꽃은 가느다란 줄기로도 문제없이 산다. 그러나 바닷가로 간 갯패랭이꽃은 사정이 다르다.

끊임없이 불어오는 해풍에 꺾이지 않아야 하니 바위에 뿌리를 단단히 박고 손가락 굵기의 두껍고 푸른 줄기를 내어 자란다. 줄기 끝에 홍자색으로 한 다발씩 모여 피는 꽃도 패랭이 모양은 그대로지만 크기는 한층 줄였다. 작지만 강인한 몸에서 피워내는 꽃이기에 훨씬 당차고 아름답다. 잎도 패랭이꽃과는 달리 두껍고 매끈하게 바꿨다. 염분이나 더위, 따가운 볕을 잘 견뎌낼 수 있도록 스스로를 업그레이드한 갯패랭이꽃의 전략이다. 줄기, 잎, 꽃까지 상황에 맞게 바꾼 덕분에 바닷가에서도 갯패랭이꽃은 살아남았다.

패랭이꽃으로 사는 게 좋았으면 갯패랭이는 생겨나지도 않았다. 하지만 남과 다른 것을 시도하는 자만이 살아남는 세상에서 갯패랭이의 특별한 선택은 더 단단한 아름다움이 되었다. 끊임없는 자기변화로 갯패랭이꽃은 바다를 손에 넣었다.

상록의 푸른 힘
꼬리진달래

진달래가 다 지고 암술대 길게 나온 열매를 맺을 때라야 꼬리진달래는 꽃망울을 만들기 시작한다. 늑장을 부리는 건 아니고 구태여 봄에 일찍 꽃피울 필요가 없기 때문이다. 한여름이 되어서야 가지 끝에 만들어지는 꽃차례에는 자잘한 흰색 꽃이 여러 개가 모여 달린다. 주황색 꽃밥이 흰색 꽃잎과 대조를 이루는 모습만 봐도 진달래와는 사뭇 다른 종임을 알 수 있다.

꼬리진달래가 특별한 건, 중부 이북지방에 사는 넓은잎나무치고는 드물게 상록성이라는 점이다. 눈 속에서도 푸르거나 붉은색을 띠고 낙엽을 만들지 않은 채 겨울을 난다. '참꽃나무겨우살이'라는 별명도 거기에서 유래되었다.

꼬리진달래에게 겨울쯤은 아무것도 아니다. 흰 눈은 시련 축에도 끼지 못한다. 바늘잎이 아니라 넓은 잎을 가진 상록수의 힘을 보여준다. 늘푸른넓은잎나무의 힘을 보여준다. 춥고 힘든 날에 더욱 열심히 봉사하는 마음씨 넓은 사람들에게서 꼬리진달래를 본다. 늘 푸른 넓은 맘 사람이다. 중부지방의 혹독한 겨울을 넓은 잎으로 나기란 말처럼 쉬운 일은 아니다. 다른 나무들이 거추장스런 잎들을 모두 떨어뜨릴 때에도 꼬리진달래는 잎을 그대로 달고 눈 속에서도 홀로 푸르다. 바늘잎이 아니라 넓은 잎을 가진 상록수의 힘을 보여준다.

7월에 꽃피는 늘푸른떨기나무
경북 이북의 산지

인내는 쓰고 꿀풀은 달다
꿀풀

5~7월에 꽃피는 여러해살이풀
산과 들의 풀밭

늦은 봄의 햇살이 꿀풀을 키운다. 그늘 없이 해가 잘 닿는 곳에 삼삼오오 모여 자라면서 여러 개의 보라색 꽃이 달린 꿀방망이를 들고 나타난다. 꿀이 담긴 원기둥 모양의 꽃차례다.

　뿌리에서 여러 개의 줄기가 올라와 꽃을 피우기 때문에 한 무더기씩 핀 모습을 흔히 볼 수 있다. 그중 꽃 한 개를 뽑아 꽁무니를 빨면 단물이 나온다. 그래서 꿀풀이다. 꿀벌이 들어가기 딱 좋게 생긴 입구를 보면 꿀벌을 위한 맞춤식당 같다. 덕분에 꿀벌은 느긋이 풀밭 위의 식사를 즐긴다.

뜨거운 여름이 되고, 준비해둔 꿀이 다 동나면 꿀풀은 꽃으로의 삶을 거둔 채 점점 수척해간다. 그러다 결국에는 말라 없어진다. 죽는 건 아니지만 짧은 봄 동안만 꽃이었다가 여름이 오면 꽃으로의 생을 접는 것이다. 그래서 흔히 '하고초(夏枯草)'라고 한다.

　더 많은 시간을 꽃으로 살지 않고 땅속으로 돌아가 뿌리로의 삶에 치중하는 이유는 이듬해 선보일 꿀을 준비하기 위해서다. 더욱 달콤한 꿀을 마련하는 데 남은 힘을 기울이느라 꽃보다는 뿌리로 사는 날이 더 많다. 꽃으로의 화려한 날보다 인고의 날이 더 길다. 참고 견디는 날이 많을수록 꿀은 더 달고 풍성하다.

　인내는 쓰고 꿀풀은 달다.

시퍼런 생명력
조릿대

대나무는 부르기는 나무라고 하지만 실상은 벼과에 속하는 여러해살이풀이다. 외양만 나무일 뿐 나이테 없이 속은 비었고 어느 정도 자라면 더 이상 줄기가 굵어지지 않는 등 풀꽃의 특징을 보인다.

대나무 종류 중에서도 토종 대나무라 할 수 있는 조릿대는 산에서 자라는 대나무라 하여 '산죽(山竹)'이라고도 한다. 키가 작고 줄기가 가늘어서 쌀을 일 때 쓰는 조리를 만들기에 좋아 이름도 조릿대다. 복조리도 조릿대로 만들어야 진짜다.

조릿대는 일단 터를 잡으면 땅속으로 뿌리줄기를 벋어 금세 거대한 무리를 이룬다. 막강한 군사력으로 영토를 확장해나가듯 숲이 다 제 것인 양 빠르게 점령해가는 모습은 무섭기까지 하다. 아닌 게 아니라 조릿대가 빽빽하게 들어선 숲에는 다른 식물이 들어와 자라지 못한다.

꽃은 흑자색으로 피는데, 노란 수술이 나부끼는 모습이 벼와 닮았다. 바람으로 꽃가루받이를 끝내고 나면 밀알처럼 생긴 길쭉한 열매가 달린다. 깨물어보면 그 안에서 하얀 전분이 쏟아진다. 해마다 곧잘 꽃을 피우고 열매도 잘 맺으며 그리고 나서도 죽지 않고 살아간다.

겨울이면 조릿대는 흰 눈 속에서도 시퍼런 생명력을 보인다. 겨울에도 푸르다는 건 모든 대나무 종류의 특성이지만 따뜻한 남부지방이 아닌 곳에서도 죽지 않고 푸르게 살아남는 것은 조릿대만의 장점이다. 점점 상승되는 조릿대 군단의 전투력 앞에 추운 지방의 산자락도 하나씩 함락되는 중이다. 푸른 잎을 갖고 하얀 눈 속에 서서 조릿대는 점점 더 강해진다. 풀이지만 나무의 기운으로 산다.

5~7월에 꽃피는 늘푸른여러해살이풀
산 중턱 이하의 숲

여름이 되었다는 증거
반하

반하는 작은 잎 석 장이 모여서 하나의 잎을 이룬다. 그런 잎을 한두 개만 땅 위로 내놓고 산다. 그래서 석 장의 잎이 모여 올라온 것만 봐도 반하인지 금세 알 수 있다. 밭둑이나 풀밭 같은 데에 흔하다. 땅속에는 둥근 알줄기를 들여놓아 살림 밑천으로 쓴다.

날이 서서히 여름으로 치달을 무렵이면 반하는 기다란 피리 모양의 꽃차례를 불쑥 꺼내놓는다. 맨 위쪽의 터진 부분에는 기다란 채찍이 하나 들어 있다. 혀를 날름거리는 뱀 같기도 하다. 그 밑에 수꽃과 암꽃이 나뉘어 숨어 있다.

그렇게 여름의 한가운데 핀다 하여 반하(半夏)다. 반하의 꽃이 피면 여름이 되었다는 증거. 특이한 생김새에서 짐작할 수 있듯이 약간의 독을 갖고 있으나 약으로 쓸 정도다.

열매가 생기기도 하지만 잎자루의 중간이나 끝에 달리는 살눈이 떨어져 또 하나의 자신을 만든다. 제 분신을 제 몸에서 직접 길러내는 것이다. 꽃이 피지 않아도, 열매 맺지 않아도 분신 하나쯤 남길 수 있으니 반하는 꽃 걱정 없이, 자식 걱정 없이 햇빛 눈부신 여름날을 즐긴다. 세상에 나를 닮은 분신 하나쯤 남기고 싶은 마음이야 누군들 없으랴. 나와 똑같은 나, 나보다 더 나은 나를 길러내며, 그리고 인간은 이룰 수 없는 욕구를 실현하며 반하는 영원히 산다.

분업과 교감
산수국

7~8월에 꽃피는 갈잎떨기나무
강원 이남의 산골짜기

산수국은 산에서 살지만 물을 좋아해 물 흐르는 골짜기를 끼고 산다. 습기 머금은 땅은 산수국을 씻겨가며 말갛게 키우고 산수국은 수려한 외양으로 골짜기 주변을 환하게 만든다.

산수국의 꽃은 철저히 분업화된 구조를 가졌다. 꽃차례 주변부에 커다랗게 둘러 피는 꽃은 중성화로, 장식용이자 일종의 유인책이다. 암술과 수술이 달리기도 하지만 커다란 꽃잎으로 곤충을 불러 모으는 역할을 담당한다. 현장에서 뛰는 영업사원 같다고나 할까. 곤충들의 안전한 착륙지로도 활용된다. 꽃의 색은 연분홍 등 다양한데 가끔씩 보이는 형광빛의 파르스름한 꽃은 꼭 만든 것 같다. 진짜 꽃은 중앙부에 작은 꽃송이가 여러 개 모여 있다.

두 가지 꽃을 만드느라 고생스럽겠지만 꽃가루받이의 효율은 최고다. 꽃가루받이가 끝나면 산수국은 주변부의 장식꽃을 홀라당 뒤집어 더 이상 오지 않아도 된다는 표시를 한다. 그 덕에 곤충들은 불필요한 수고를 안 해도 되고 산수국 자신도 뒤늦게 찾아오는 곤충들에 들볶이지 않고 편히 열매 영그는 일에만 몰두한다. 신통하게도 곤충들도 산수국의 이 표시를 알아차린다. 분업과 교감을 통한 효율성의 극대화, 산수국의 지혜다.

잃어가는 풍경
자운영

4~5월에 꽃피는 두해살이풀
논밭이나 들녘

자운영(紫雲英)이라는 이름은 이 꽃이 무리지어 핀 모습에서 유래되었다. 말 그대로 보랏빛 구름 같은 꽃봉오리라는 뜻이다. 그러므로 혼자서는 자운영이 될 수 없다. 무리지어 자랄 때라야 진짜 자운영이다.

예전에는 자운영을 녹비(綠肥)라고 해서 논밭에 심어 풋거름으로 썼다. 자운영이 어느 정도 자라 땅이 기름지게 되면 그대로 갈아엎어 다른 작물을 심어 길렀다. 콩과 식물답게 자운영은 뿌리에 뿌리혹박테리아가 생겨 땅을 비옥하게 만들기 때문에 좋은 밑거름이 되어준다. 그래서 남부지방에서는 봄이면 자운영이 들판을 뒤덮곤 했다.

그러나 요즘은 상황이 달라졌다. 화학비료가 등장하면서 자운영을 녹비로 쓸 일이 없어졌다. 그러면서 자운영의 보랏빛 구름밭 역시 점차 추억 속 풍경이 되었다. 특히 중부지방에서는 어쩌다 한두 포기가 자라는 정도라 기대할 수조차 없다.

시대가 변하면서 우리는 많은 것을 얻었지만 또 많은 것을 잃었다. 잃은 것의 소중함을 몰랐다가 뒤늦게 깨닫지만 돌이킬 수 없을 때가 많다. 자운영을 잃은 건 아니지만 자운영 밭은 점점 잃어간다. 보랏빛 구름 같던 풍경이 추억 속에 너울거린다.

복과 장수를 부르는 꽃
복수초

사진이 아니라 야생에서 직접 만나는 복수초의 기운은 생생하고 강렬하다. 눈이 내려 쌓이건 얼음이 얼어붙건 햇볕만 비쳐든다면 샛노란 금잔 같은 꽃을 열어젖힌다.

그렇게 꽁꽁 언 땅을 복수초는 어떻게 뚫고 나오는 걸까? 송곳처럼 뾰족한 새순이 답이다. 그 새순을 이용해 서서히 얼음 사이를 비집고 나와 핀다 하여 '얼음새꽃'이라는 별명을 얻었다. 눈을 삭이며 핀다 하여 '눈색이꽃'이라고도 한다.

꽃보다 더 아름다운 마음씨를 전해주는 꽃에서 좋지 않은 뜻의 복수를 떠올릴 사람이 얼마나 될까? 시련을 이겨내고 피는 꽃에서 아름다운 의미가 생겨난다. 아름다운 의미를 전하는 꽃에서 아름다운 웃음꽃이 피어난다. 행복과 장수를 빌고 희망을 전해준다.

숲 속의 환경미화원
나도수정초

으스스한 분위기의 이상한 물체를 숲에서 만날 때가 있다. 땅속에서 꾸물꾸물 자라나 어둠 속에서 새하얗게 빛나는 몸, 푸른빛 보석 같은 눈을 반짝이는 생명체. 샤갈의 그림에 나오는 눈 큰 말 같기도 하고, 과속하는 차량을 쏘아보는 단속카메라 같기도 하고, 은백색 담뱃대 같기도 하고, 유령 같기도 한 그것은 나도수정초라는 부생식물이다.

나도수정초는 동식물의 사체를 분해하여 양분을 얻기 때문에 광합성 따위는 하지 않는다. 그래서 몸 어디에서도 녹색은 찾아볼 수 없고 은백색으로 빛나는 반투명한 피부를 가졌다. 잎은 있으나 마나 해서 비늘 모양으로 몸에 딱 붙어버렸다.

보통은 썩은 낙엽이나 나뭇가지를 좋아한다. 숲 속의 고마운 환경미화원이라고나 할까? 남들은 멀리하려 드는 것들을 양분으로 흡수하여 불쑥불쑥 자라 꽃을 피운다. 버섯처럼 보이지만 엄연히 암술과 수술이 있고 열매를 맺기에 포자로 번식하는 버섯과는 전혀 다르다.

꽃 같지 않은 꽃으로 취급받는대도 상관없다. 숨은 부패물을 찾아 나도수정초는 사파이어 같은 눈을 반짝인다. 몰래 쓰레기를 버리고 가는 이를 쏘아보는 CCTV처럼 환경 파수꾼 노릇을 한다. 나도수정초가 아니면 숲은 쓰레기 천지일지 모른다.

궂은일에 눈을 밝히는 저 아름다운 꽃을 보라. 직업에 귀천 없듯 식물에도 귀천없다.

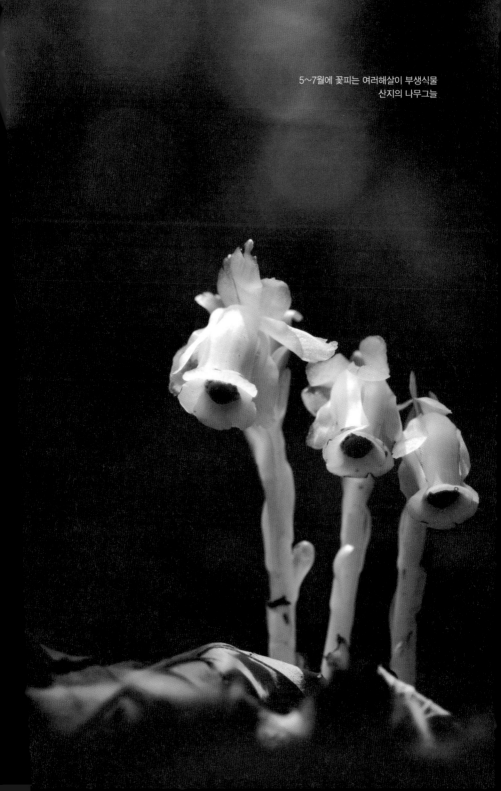

5~7월에 꽃피는 여러해살이 부생식물
산지의 나무그늘

재기하는 지혜
얼레지

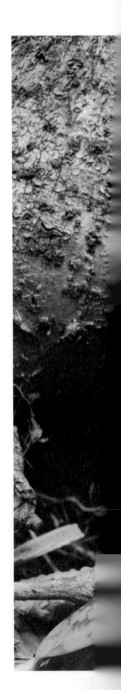

3~4월에 꽃피는 여러해살이풀
깊은 산의 숲 속

얼레지는 잎에 어루러기 같은 무늬가 있어서 붙은 이름이다. 잎뿐 아니라 꽃잎 안쪽에도 W자 모양의 무늬가 화장이라도 한 것처럼 그려져 있다. 두 폭 치마 펼치고 앉아 홍자색 꽃잎을 뒤로 활짝 젖히면 새침데기 양갓집 규수가 따로 없다. 얌전히 앉아 있지만 살랑이는 바람에도 마음이 들썩이는 모양새다.

화려하고 도도한 미인이라서 그런가? 얼레지는 독성을 지녔다. 그래서 잎을 물에 담가 독을 우려낸 후 나물로 만들어 비빔밥에 넣어 먹는데, 곤드레나물밥 못지않은 별미다.

사람들의 식탁에 오를 제 운명을 아는지 얼레지에게도 비책이 있다. 백합과의 식물답게 땅속 깊은 곳에 비늘줄기를 숨겨두었다. 꽃이나 잎을 떼어줘도 땅속의 비늘줄기만 살아남으면 생명을 이어갈 수 있다. 마치 도롱뇽이 사람에게 붙잡히면 꼬리를 떼어주고 도망가듯이.

빼앗길 때 빼앗기더라도 삶의 원형질인 비늘줄기는 깊숙이 간직할 것. 얼레지가 알려주는 생존의 지혜다.

140

날고자 하는 소망
날개하늘나리

7~8월에 꽃피는 여러해살이풀
경북 이북의 산

날개하늘나리는 날개도 갖고 하늘도 가졌건만 날지는 못한다. 꽃이 하늘을 향해 피는 나리 종류에는 '하늘나리'라는 이름이 붙는데, 그중에서도 날개하늘나리는 줄기에 능선 같은 날개가 붙었다. 물고기 지느러미만큼도 못한 날개라 하늘을 날기에는 턱없이 부족하다. 마치 땅 위 생활에 젖어 날개가 퇴화된 새처럼.

꽃은 나리 종류의 꽃 중에서 가장 크고 화려하다. 사람은 얼굴이 작아야 미인으로 치지만 '화류계'에서는 큰 얼굴이 대접받는다. 날개하늘나리는 북부지방에는 비교적 흔한데 중부이남 지역에서는 높은 산 풀밭에서 어쩌다 한 포기 만날 정도로 귀하다. 날개를 펼쳐 하늘로 날아간 것일까. 지상에 남은 날개하늘나리들도 비상을 꿈꿀지 모른다.

날개보다 더 필요한 건 날고자 하는 소망! 비상에 필요한 건 날개지만 비상하고자 하는 소망 없이는 날개도 소용없다. 활주로도 소용없다. 꿈이 있는 사람은 누구나 날개가 있다. 날갯짓을 하자. 날개를 퍼덕이며 날아갈 날을 꿈꾸자.

가장 먼저 깨어나는 봄
갯버들

수양버들, 능수버들, 왕버들, 호랑버들, 키버들……. 종류도 많은 버드나무 중에서 가장 부지런히 봄을 맞는 것은 갯버들이다. 이른 봄에 만나는 버드나무는 무조건 갯버들로 봐도 무방하다. 갯버들의 겨울눈은 잔털이 달린 갈색이라 눈에 쉽게 띈다. 햇살에 터진 껍질을 벗고 털옷 차림의 꽃이삭이 점점 더 부풀어 오르면 가장 먼저 햇빛이 닿는 곳부터 빨갛게 변하면서 노란색 꽃가루가 터져 나온다. 꽃가루가 터진 것은 수나무의 수꽃이요, 열매를 맺는 것은 암나무의 암꽃이다.

사람들은 갯버들의 꽃을 보고 버들강아지라고 하지만 진짜 버들강아지는 갯버들의 열매다. 하얀 털 달린 열매가 꽃보다 더 강아지를 닮았다. 그걸 손바닥에 올려놓고 강아지처럼 움직이게 하는 놀이를 하기 때문에 버들강아지라고 한다.

하얀 털은 씨앗을 바람에 실어 멀리 날려주는 역할을 한다. 그리하여 어느 한가로운 물가에 닿으면 어린 갯버들로 자라난다. 가장 먼저 깨어날 봄을 기다리면서.

4월에 꽃피는 갈잎떨기나무
개울가

활력충전소
갯강활

6~7월에 꽃피는 여러해살이풀
남쪽 섬의 바닷가

이름부터 강직하고 활기차다. 실제 모습은 더욱 강건해서 바다를 호령하는 장수를 보는 듯하다. 바닷가 바위틈에서 살려면 대개는 몸을 낮추고 어떻게든 크기를 줄이기 마련이건만 갯강활은 예외다. 처음에는 다른 풀처럼 바위틈에 납작하게 엎드려 자라다 여름이 가까워지면 나무처럼 굵직한 줄기를 세워 부쩍부쩍 자라면서 파릇한 잎을 옆으로 활짝 펼친다. 어떤 것은 사람보다 더 큰 키로 서서 사나운 바다와 당당하게 맞선다. 사납게 으르렁대던 바다의 기세도 갯강활 앞에서는 한풀 꺾인다.

꽃을 피우는 모습만큼은 영락없는 식물이다. 접시 모양의 꽃차례에 자잘한 흰색 꽃을 소담스레 담아놓으면 해풍에 시달리고 굶주렸던 바닷가의 식솔들이 앞다투어 달려든다. 굶주린 백성을 생각하는 장수의 마음이 그러했을까?

그 모든 힘과 용기가 독기에서 나오는 건지 갯강활은 강한 독성을 품고 있다. 그래서 몇몇 병증에만 약재로 쓰인다. 그러나 갯강활은 비단 먹어서만 약이 되는 것은 아니다. 사는 일이 시들할 때 남쪽 바닷가로 가서 갯강활을 한번 보기만 하면 자꾸 꺾이려던 무르팍이 펴지고 팔뚝에도 힘이 솟는다. 강인하고 활기차게 살아가는 사람은 다른 이에게도 힘을 불어넣는다. 갯강활은 활력충전소다.

날자. 날자. 날자꾸나
두루미천남성

5~6월에 꽃피는 여러해살이풀
산지의 풀밭

새의 영혼이 날아들었을까. 두루미천남성은 여러 개의 잎으로 몸통을 빙 두른 것이 정말로 큰 새의 날개처럼 보인다. 건드리면 금방이라도 깃을 털고 하늘로 날아오를 기세다. 꽃차례에서 채찍처럼 길게 연장되어 밖으로 나온 부분마저 두루미의 부리처럼 하늘로 치켜 올라갔다. 꽃보다는 새를 닮은 외양을 하고서 하늘을 향해 땅을 박차고 비상을 준비하는 두루미천남성은 분명코 날고 싶은 꽃이다.

하지만 땅 위에 발 묶인 신세. 그 자리에서 벗어날 수 없다. 꽃으로서의 삶을 포기한다면 모를까. 죽음 같은 각오가 아닌 이상 벗어날 길 없는 현실이 발목을 잡는다. 어쩌면 날고 싶어도 날지 못하는 새가 두루미천남성이 되었는지도 모르겠다.

날개야 다시 돋아라.
날자. 날자. 날자. 한 번만 더 날자꾸나.
한 번만 더 날아보자꾸나.

날고 싶어 하는 현대인은 다 두루미천남성이다.

끈끈한 만남
끈끈이주걱

6~7월에 꽃피는 여러해살이풀
양지 바른 습지

식물이 빠른 곤충을 잡으려면 나름대로 묘안을 내야 한다. 끈끈이주걱은 잎을 변화시켰다. 잎마다 섬세한 감각모를 내고 끈끈하고 향기 나는 점액을 묻혀놓아 향기에 이끌려 발을 디뎠다가는 꼼짝없이 붙잡히게 된다. 벌레가 붙들린 것이 감지되면 끈끈이주걱은 파리채처럼 생긴 잎을 서서히 오므린 후 소화액을 분비하여 벌레를 제 몸으로 흡수한다. 잎을 다시 펴면 벌레는 찌꺼기만 남고 다른 벌레를 잡기 위한 덫이 다시 놓인다.

끈끈이주걱이 육식을 선택한 건 습지에 부족한 질소나 인을 보충하기 위해서다. 뿌리는 그저 몸을 지탱하는 데 쓰고 양분은 잎에서 모아 꽃을 피운다. 곤충들의 외마디 비명에 놀라서일까. 긴 꽃줄기 끝에 달린 꽃은 창백한 흰색이다. 꽃을 찾아드는 벌레에게는 꽃가루받이를 시켜야 하므로 꽃에는 끈끈이가 없다. 잎으로 오는 건 잡아먹고 꽃으로 오는 건 일을 시키니 곤충을 제대로 부린다.

너무 끈끈한 만남도 때론 의심할 줄 알아야 한다. 팔다리가 둘러붙었을 때는 이미 늦고 만다. 끈끈이주걱에게 잡힌 벌레가 좀더 일찍 달아나지 못한 것을 후회할 때쯤이면 이미 몸은 사라지고 만다. 서서히 형체도 없이.

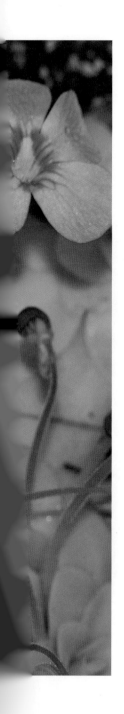

천천히 다가오는 치명적 유혹
벌레잡이제비꽃

사냥꾼 냄새가 풍기는 이름이긴 해도 천박한 사냥꾼은 아니다. 벌레를 잡아먹고 사는 기술이 다른 식물들과 차원이 다르다. 그렇다고 특별한 술수를 쓰는 건 아니다. 그저 벌레들이 놀기 좋게 푹신하고 부드러운 카펫 같은 연녹색 잎만 넓적하게 펼쳐놓는다. 언제든 놀러와도 좋은 놀이방 같은 곳이라 벌레들은 별 의심 없이 다가온다. 그러거나 말거나 벌레잡이제비꽃은 하나 신경 쓰지 않는다. 모든 것은 잎에 나 있는 작은 샘털에서 알아서 한다. 샘털에서 분비된 끈끈이에 붙잡히면 작은 벌레는 좀처럼 도망가지 못한다. 그러면 벌레잡이제비꽃은 벌레를 서서히 제 몸으로 흡수한다. 놀이터가 곧 무덤이 되는 셈이다.

조개 같은 잎으로 움켜잡는 파리지옥처럼 빠르지도 않고, 긴 통에 빠뜨려 소화시키는 네펜데스나 사라세니아보다 치밀하지도 않다. 하지만 벌레잡이제비꽃은 아무것도 아닌 전략으로 아무렇지도 않게 벌레를 잡는다.

양분을 축적하고 적당한 시기가 되면 벌레잡이제비꽃은 비녀를 꽂은 듯한 예쁜 홍자색 꽃을 피워 앉힌다. 창백한 잎의 색상과 대비되어 꽃의 얼굴은 표독스럽고 뇌쇄적이기까지 하다.

유혹은 천천히 다가올 때 가장 헤어나기 어렵다. 가장 안심하게 만드는 것이 가장 치명적이다.

희망을 주는 행복
팥꽃나무

4~5월에 꽃피는 갈잎떨기나무
남서해안의 산지

팥의 꽃과 그리 닮은 것은 아니다. 색도 엄밀히 따지면 팥색은 아니다. 다만 꽃봉오리가 팥알 비슷하기는 하다. 어찌 보면 팥꽃나무 꽃은 이팝나무나 라일락에 가깝다. 사는 곳은 따뜻하고 바람이 잘 통하는 바닷가 근처 양지바른 산지다. 태생은 바닷가 쪽이지만 내륙에서도 무리 없이 잘 자란다. 살던 곳을 벗어나면 꽃이고 사람이고 살기 어려운 법인데도 팥꽃나무는 의연히 잘 자란다.

단 하나, 팥꽃나무는 열매를 잘 맺지 않는 단점을 지녔다. 열매가 맺혔다가도 쉬이 떨어지고 만다. 결실이 풍성하지 않은 나무치고는 어울리지 않는 별명이 있다. 팥꽃나무가 필 무렵이면 조기가 풍어를 이룬다고 해서 조기꽃나무다. 제 몸의 결실은 신통치 않아도 만선의 희망을 전할 수 있어 행복한가. 팥꽃나무는 바다를 향해 팥알 같은 꽃봉오리를 톡톡톡 쉴 새 없이 터뜨린다.

누군가에게 희망의 존재일 수 있다면 그것으로 삶의 가치는 충분하지 않을까? 그 이유만으로 팥꽃나무는 매년 보람 있는 생을 산다. 다음해에는 더 크고 풍성한 꽃을 약속하며 저 멀리서 조기의 풍어를 불러온다.

열매 대신 보람이 영그는 나무다.

아니라고 말하는 용기
비자란

오래된 나무의 줄기에 붙어 자라는 비자란은 제주도의 숲이 숨겨놓은 보물 중 하나다. 그래서 '제주난초'라는 별칭으로도 불린다. 새끼손가락 크기만 해도 크다고 할 정도라 사람들은 보물이 있는 곳을 미처 알아보지 못한다. 누가 알려주기 전까지는 눈앞에 두고도 지나친다.

비자란이 보물다운 면모를 갖추는 건 역시나 꽃이 피었을 때다. 잎겨드랑이에서 나온 꽃대 끝에 올망졸망하게 매달린 노란색 꽃봉오리가 아래를 향해 활짝 벌어지면 치렁치렁 늘어진 귀부인의 귀걸이가 연상된다. 비자란이 자라는 곳은 큰 나무의 갈라진 틈바구니다. 가늘고 기다란 공기뿌리를 내어 나무를 움켜쥐고는 박쥐처럼 허공에서 아래를 향해 매달린다.

상록성이라 잎은 항상 푸르고 광택이 있으며 끝이 바늘처럼 뾰족하다. 열 개에서 스무 개 정도가 줄기에 좌우 두 줄로 촘촘하게 달린다. 그 모양이 마치 한문의 '아닐 비(非)'자를 닮아서 비자란이다. 남들은 다 그렇다고 고개 끄덕여도 비자란만큼은 아닌 건 아니지 않느냐고 할 것 같다.

아닌 것을 아니라고 말하는 데도 용기가 필요하다. 비자란의 '아닐 비'자가 용기 있어 보이는 이유다.

5월에 꽃피는 늘푸른여러해살이풀
제주도 숲 속의 나무줄기

일상의 기적
박태기나무

박태기나무는 해마다 일상의 기적을 만들어낸다. 처음
에는 아무것도 없는 맨살의 회색 가지에서 보라색 밥알
같은 게 숭숭 돋는다. 대체 무슨 일이 벌어지려는 걸까 하
고 여러 날을 지켜보면 보라색 밥알이 튀밥처럼 점점 부
풀어 오른다. 그게 설마 바로 꽃이 되지는 않겠지 한다면
예상은 여지없이 깨진다. 밥알은 곧바로 나비 모양의 꽃
잎을 열어 암술과 수술을 내보인다. 그러면 어느새 가지
마다 온통 보라색 꽃으로 뒤덮이고 봄의 현란한 쇼는 절
정에 다다른다.

박태기나무의 기적은 간혹 봄이 아닌 계절에도 펼쳐진
다. 가을에도 보라색 튀밥을 튀겨내는 것이다.

박태기나무에게는 봄날의 일상이 기적의 연속이다. 눈
으로 보고도 믿지 못할 일을 벌인다.

기적 같은 일이 박태기나무에게만 일어나라는 법은 없
다. 지금 내가 알아채지 못한 기적의 수를 세어보자. 오늘
내게 주어진 이 하루의 시간 역시 또 다른 기적을 만든다.

생활의 지혜
때죽나무

5~6월에 꽃피는 갈잎작은키나무
황해도 이남의 산

공해 없는 산에서 나무껍질이 시커먼 나무를 만나면 때죽나무일 수 있다. 혹시 쪽동백나무인가 싶으면 잎을 보면 된다. 잎이 손바닥만 하고 둥글면 쪽동백나무요, 작고 달걀 모양이면 때죽나무다.

더운 바람이 6월로 달력을 넘기는 때면 때죽나무에 꽃바람이 분다. 종 모양으로 아래를 향해 무리 지어 피는 수백 송이의 새하얀 꽃은 입이 떡 벌어지게 만든다. 스노우벨(Snowbell)이라는 이름을 얻을 만하다. 그 많은 꽃들이 내뿜는 향기는 후각세포의 기능을 마비시켜버릴 정도로 매혹적이어서 누구라도 가던 걸음을 안 멈추고는 못 배긴다. 벌과 나비도 쉴 새 없이 드나든다. 꽃이나 열매에는 곧잘 벌레집이 생기기도 한다. 그러면 약간은 징그러운 형태로 변형된 꽃과 열매가 달리는데, 어떤 때는 그것이 더 특이하고 아름다워 보이기도 한다.

꽃이 달렸던 만큼이나 열매도 떼를 지어 달린다. 방울방울 매달리는 열매에는 계면활성제 성분이 들어 있어 옛날 아낙네들이 빨래를 할 때 기름때를 빼는 비누처럼 썼다. 빨래를 하다가 발견한 지혜일까. 열매를 짓찧어 흐르는 물에 풀면 마취제 성분에 기절해 둥둥 뜨는 물고기를 잡기도 했다고 한다. 지금이야 각종 세제와 어구가 발달해 때죽나무 열매를 쓰진 않지만 물자가 부족했던 시절에는 더없이 요긴한 나무였다.

그렇게 곤궁한 생활이 발견을 낳고 지혜로운 발상을 일으킨다. 궁핍한 생활이야말로 지혜로운 가치를 발견하는 제1요소다.

여러 해를 사는 방법
통발

7월에 꽃피는 여러해살이풀
강원도의 오래된 연못

통발은 물고기를 잡을 때 쓰는 도구다. 입구가 오목하게 들어가 있어서 미끼에 이끌린 물고기가 한번 들어가면 나오는 길을 찾지 못해 잡히고 만다.

식물 중에도 통발이 있다. 수생식물인 통발은 물속의 땅에 뿌리내리지 않고 물 위에 둥둥 떠서 자란다. 그러면서 실처럼 자잘하게 갈라진 잎을 수면에 드리운다. 잎의 일부는 작고 동그란 벌레잡이주머니가 되어 물속의 작은 벌레를 잡아 가둔다. 한번 잡힌 벌레는 꼼짝 없이 갇히기에 두고두고 양분을 뽑아 쓴다.

벌레 먹은 힘은 꽃을 피우는 데 쓴다. 한여름 태양빛이 수면 위를 달굴 때면 통발은 가느다란 꽃줄기를 물 밖으로 끄집어내어 노란색 꽃을 두어 개쯤 피워둔다.

통발은 의외로 열매를 잘 맺지 않는다. 대신에 겨울이 오기 전에 줄기 끝의 잎을 둥근 덩어리로 뭉쳐서 물 밑으로 가라앉는다. 그리고는 꼼짝 않고 겨울을 난다. 그 상태로 봄을 지나 여름이 되어 수온이 다시 오를 날만을 기다린다. 한여름 꽃필 때만 통발일 뿐 나머지 계절에는 겨울눈으로 사는 것이다. 그것이 통발이 여러 해를 사는 방법이다.

꽃도 좋지만 겨울을 대비하는 지혜를 겸비해야 하는 여러해살이풀 통발. 한 해만 살고 말 게 아니라면 긴 겨울부터 준비하자. 그게 오랜 삶을 위한 통발의 지혜다.

그 정도면 족하다
꽃마리

꽃마리는 겨울이 다가오면 땅바닥에 방석을 펴고 앉는다. 타원의 잎을 사방으로 펼친 채 최대한 몸을 낮추고 추위를 피한다. 그렇게 꼼짝도 하지 않은 채 겨울을 보내고는 살랑거리는 봄바람에 조금씩 무릎을 펴고 일어나 이런저런 준비에 바삐 서둔다.

키는 다 자라도 사람 무릎 높이를 넘지 못한다. 꽃차례는 줄기 위쪽에서 달려 나오는데, 시계태엽처럼 돌돌 말린 꽃차례를 아기주먹처럼 쥐고 있다. 그래서 꽃마리라 부른다. 말려 있던 꽃차례가 스르르 풀려 나가면 하늘색 바탕의 꽃이 하나둘 제 모습을 드러낸다.

작다 작다 이렇게 작은 꽃이 있을까. 곤충의 눈알만 한 꽃이 껌뻑거린다. 풀 전체의 키가 작은 건 아니지만 꽃은 현미경이라도 들이대야 낱낱이 보일 정도로 작다. 크기는 작아도 공간이 세밀하게 구획돼 있다. 작은 날벌레들에게 착륙장소를 알리는 유인색소가 노란색으로 칠해져 있다. 꽃가루받이가 끝나고 나면 소명을 다했다는 듯 색소는 연한 색으로 희미하게 바랜다.

꽃마리에게 더 큰 꽃은 필요없다. 날개 달린 작은 방문자들을 접대할 최소한의 응접실이면 된다. 그 이상은 사치스러워 더 넓힐 생각일랑 하지 않는다. 꽃의 크기만으로 좋네 나쁘네 평가할 수는 없는 법. 그 정도면 족하다고 꽃마리는 여긴다.

죽기보다 살기
돌나물

5~6월에 꽃피는 여러해살이풀
습한 바위틈

돌나물은 예로부터 우리 식탁에 곧잘 올라온 봄나물이다. 싱싱한 줄기를 물김치에 넣어 먹기도 하고, 초장을 뿌려 버무려 먹거나 비빔밥에 넣어 먹기도 한다. 샐러드용으로 여러 채소와 함께 섞어 먹기도 한다. 색깔만으로도 기분이 상쾌해지는데다 맛도 상큼하고 담백해 입맛 없는 봄철에 그만이다.

돌나물의 생명력은 정말 흥미진진하다. 나물거리를 다듬고는 남은 것을 아무렇게나 던져버려도 알아서 그곳에 뿌리를 내리고 살아간다. 흙 한 줌 없는 담벼락 같은 곳에 던져두어도 어떻게든 살아간다. 양분이든 물이든 적으면 적은 대로 그만큼의 잎과 줄기를 내어 어떻게든 살아가는 쪽을 택한다. 사람 같으면 콱 죽어버리고 싶을 만한 상황이어도 돌나물은 끝까지 살 궁리를 한다.

강한 자가 살아남는 게 아니라 살아남는 자가 강하다. 어떠한 조건에 처하든 돌나물은 죽기보다 살기를 택한다. 돌나물의 생명력은 돌보다 더 강하고 단단하다. 나물계의 불가사리다.

두 번의 삶, 또는 변신
솜나물

4~5월, 8~10월에 꽃피는 여러해살이풀
산과 들의 풀밭

솜나물은 양지바른 곳을 좋아한다. 하루 종일 해가 드는 무덤가 같은 곳이면 좋다고 자리 잡는다. 봄바람이 살랑대면 사람 손가락 길이만 한 꽃줄기를 내어 머리 모양의 흰색 꽃을 뽑아낸다. 꽃잎 뒷면에 분홍색이 돌기 때문에 옆에서 보면 더 예쁘다. 키는 대개 한 뼘을 넘기지 못해 전체적으로 작고 귀엽다. 뿌리에서 돋는 잎의 뒷면은 빽빽한 털로 덮여 있어서 보온에 좋다.

그런데 이게 다가 아니다. 작고 귀여운 햇병아리 같던 솜나물은 가을이 되면 전혀 다른 모습이 된다. 키가 사람 무릎 높이만큼 커지고 잎 역시 봄의 두 배 정도 크기로 자라난다. 그 대신에 기다란 꽃줄기 끝에 달리는 꽃은 벌어지지 않은 채 그대로 누런색 솜털 달린 공 모양의 열매를 맺어버린다. 이 솜털을 뭉쳐서 불을 붙이는 부싯깃 솜으로 썼기에 솜나물이라 부른다.

남들은 한 번 피우기도 어려운 꽃을 솜나물은 왜 두 번에 걸쳐 피우는 걸까? 작고 귀엽게 살 수도 있고 변화하는 계절에 맞춰 거칠고 투박하게 살 수도 있음을 보여주려는 걸까?

어떤 계절이 닥쳐오건 그에 맞게 변신하는 일이 가능하다면 생존력은 배가된다. 변신도 곧 능력이다.

05

사랑을 위해
나는 피네

단 하나의 짝을 만나 그에 깃들어
한몸처럼 살기란 쉬운 일이 아니다.
믿음이 있어야 가능하다.
믿음은 서로의 껍질만을 붙여놓은 접착제가 아니라
서로의 피와 살을 하나로 섞는 용매제가 된다.

바다로 간 이유
해당화

5~7월에 꽃피는 갈잎떨기나무
바닷가의 산지나 모래땅

바다로 간 장미, 해당화. 해당화는 바다가 좋아서 바다에 왔다. 파도 너머에서 끈덕지게 불어대는 바람에도 굴하지 않고 큼지막한 홍자색 꽃을 피우는 모습만 봐도 그렇다. 바다를 흠모해 바다 가까이에 살면서 오랜 날에 걸쳐 꽃을 피우니 눈에 뭐가 씌어도 단단히 씐 모양이다. 향수의 원료로도 쓰이는 향기를 뿌리며 해당화는 붉고 화려한 꽃으로 수평선 밋밋한 해변 풍경에 한 떨기 아름다움을 보탠다.

바다는 알까. 모진 해풍을 견디며 바다 곁에 머물기 위해 해당화 잎이 두꺼워지고 주름살까지 늘어난 것을. 썰물에 저 멀리 바다가 밀려가고 혼자 남을 때 바다가 피워준 크고 붉은 꽃을 보호하려고 온몸에 가시를 만들었다는 사실을.

정직한 부지런함
귀룽나무

아홉 마리 용이 꿈틀거리는 나무가 있다. 그만큼 역동적이고 육감적인 수형을 보이는 나무라서 구룡목(九龍木)이라 하던 것이 귀룽나무가 되었다.

귀룽나무는 잎을 먼저 틔우는 나무 중에서 가장 먼저 꽃을 피운다. 꽃을 남보다 앞서 피워내는 나무들은 잎을 나중에 틔우는 전략을 쓴다.

4~5월에 꽃이 피는 갈잎큰키나무
산골짜기

일종의 편법이다. 하지만 귀룽나무는 잎을 먼저 낸 다음 꽃을 피우는
정도(正道)를 걷는다. 그래서 부지런하기로 따지면 으뜸이다.

　이른 봄 산에서 제일 먼저 새순을 밀어낸 나무는 십중팔구 귀룽나무
다. 꽃은 그때부터 준비한다. 뿌리와 잎의 기운을 모두 건네받으며 제
몸 가득 풍성한 꽃을 피워낸다. 큰 덩치에 어울리지 않는 부지런함을
가졌다. 정말 몸속에 아홉 마리 용을 가진 것처럼 말이다.

　정도를 걸으면서도 남한테 뒤처지지 않을 수 있는 길은 오직 하나다.
귀룽나무처럼 사는 것! 몸이 아홉 개라도 모자랄 지경으로 부지런히 사
는 것!

한 곳에 깃든 믿음
매화말발도리

5~6월에 꽃피는 갈잎떨기나무
산기슭의 바위틈

매화말발도리는 발이 아니라 온몸을 '바위에' 묶고 종국에는 '바위를' 묶는다. 누가 바위째 들고 가지 않는 한 바위는 그대로 매화말발도리의 집이 된다. 처음엔 세 들어 살지만 곧 바위의 주인이 된다. 바위를 믿고 끝까지 함께 하는 고매함이 매화를 닮았다.

그렇게 바위를 움켜쥔 채 매화말발도리는 나무인지 바위인지 모를 나날을 산다. 그러다 5월 볕에 부풀려가던 흰색의 꽃봉오리를 있는 힘껏 활짝 열어젖히면 그제야 꽃나무인 줄 알게 된다. 하지만 꽃으로의 삶은 잠깐이다. 다섯 장의 꽃잎 모두 떨어뜨리고 나면 나무인지 바위인지 모를 삶으로 돌아간다.

단 하나의 짝을 만나 그에 깃들어 한몸처럼 살기란 쉬운 일이 아니다. 믿음이 있어야 가능하다. 믿음은 서로의 껍질만을 붙여놓은 접착제가 아니라 서로의 피와 살을 하나로 섞는 용매제가 된다. 매화말발도리는 바위를 믿기에 바위에 제 몸을 녹인다. 그리하며 바위가 그대로 매화말발도리가 된다.

176

나비를 길러내는 독
족도리풀

4월에 꽃이 피는 여러해살이풀
산지의 숲 속

하트 모양의 잎 두 장 사이에서 족도리풀의 흑자색 꽃봉오리가 돋는다. 새색시가 시집갈 때 쓰던 족두리처럼 생겼다. 맞춤법으로는 족두리라고 쓰고 식물명으로는 족도리풀이 정식 명칭이다.

족도리풀의 벌어진 꽃은 마치 삼각 포장을 한 상자 같아서 꽃 같은 느낌이 들지 않는다. 꽃이 활짝 벌어진 후에는 잎이 손바닥만 하게 자라나 꽃을 가리기 때문에 그 시기에는 일일이 잎을 손으로 들춰내고 찾아봐야 꽃이 보인다.

봄에 피는 꽃들이 대개 그렇듯 족도리풀도 몸에 독을 지니고 있다. 뿌리는 세신(細辛)이라 하여 약재로 쓴다. 세신이라는 이름에서도 알 수 있듯이 살짝 먹어보면 혀끝에 맵싸한 맛이 돈다. 구태여 다 먹어보지 않더라도 유독성 식물임을 금방 알 수 있다.

하지만 족도리풀은 이른봄애호랑나비에게는 더없이 고마운 먹이식물이다. 이른 봄에 짝짓기를 마친 이른봄애호랑나비가 찾아와 족도리풀의 잎 뒤에 알을 낳으면 애벌레들이 하트 모양의 그 잎을 어미의 사랑인 양 먹고 자란다. 독성이 있는 잎을 먹여도 결국엔 나비로 우화한다. 독을 먹기보다 독한 맛을 품기에 애벌레는 죽지 않고 아름다운 나비가 되어 날아간다. 족도리풀은 독풀이지만 아름다운 나비를 길러낸다. 그래서 치명적인 아름다움이란 말이 딱 어울린다.

목마른 기다림의 끝
금강봄맞이

5~6월에 꽃피는 여러해살이풀
설악산 이북

금강산으로 봄을 마중 나갈 순 없지만 금강봄맞이는 맞을 수 있다. 설악산 계곡 바위틈에서 금강봄맞이는 육각 톱니 모양의 잎을 내놓은 채 몸을 낮추고 산다. 설악산이 어떤 곳인가. 봄이 더디 오고, 새벽을 청해 올라야만 겨우 정상의 한 귀퉁이에 발붙일 수 있는 험한 곳이 아닌가. 가히 금강산과 형님동생 할 만하다. 그런 곳에 파묻혀 살면서 금강봄맞이는 봄을 기다린다.

설악산에서도 춥고 높은 곳을 택해 살던 금강봄맞이는 계곡마다 늦은 봄이 속속 당도하고서야 꽃을 내보인다. 마치 모딜리아니의 그림에 나오는 여인처럼 목을 길게 뽑아 늘이고 그 끝에 하얀 얼굴을 한 꽃을 피운다.

두고 온 것이 있는 이에게 그리움은 간절하다. 목마른 기다림 끝에도 만날 기약이 없을 때 그리움은 더욱 솟구친다. 공연한 기다림인 줄 알면서도 그리움은 멈추질 않고 자라난다. 지척에 두고도 가보지 못하는 땅이 있어 설악산의 금강봄맞이는 해마다 목이 길어진다.

생채기 없는 사랑이 어디 있나
찔레꽃

야생의 장미, 찔레꽃은 향기롭다. 사람이 길러낸 장미의 원래 모습이 바로 야생의 찔레꽃이다. 찔레꽃이 무리지어 피어나면 좋은 향이 멀리까지 풍긴다. 가슴을 설레게 하는 기분 좋은 그 향은 천연비누나 화장품의 향료로 쓰이기도 한다. 꽃잎은 대개 흰색이지만 간혹 만나게 되는 분홍색 꽃은 장미 못지않게 아름답다.

꽃과 향기가 찔레꽃의 특징이라면 가시는 운명 같은 속성이다. 꽃과 향기에 취해 무심코 찔레꽃에 다가갔다 간 가시에 찔려 어김없이 피를 보게 된다. 제 가시에 찔려 아파하는 사람을 보며 찔레꽃도 아픈 것일까. 어여쁜 꽃잎들을 눈물처럼 파르르 떨어뜨린다.

향기로운 꽃과 함께 가시가 없으면 찔레꽃이 아니다. 그렇기에 찔레꽃의 사랑법은 생채기를 보고야 만다. 가시에 찔릴 용기를 갖고 다가오는 자가 아니면 찔레꽃을 사랑할 수 없다. 향기는 물론이고 가시까지 사랑할 줄 아는 이여야 찔레꽃은 마음을 연다. 깊이 끌어안을수록 더 깊은 곳을 찌르며 그 사랑에 피를 흘린다. 향기에 끌릴 때가 아니라 가시에 찔릴 때가 바로 사랑의 시작이다. 세상에 쉬운 사랑은 없다.

향기의 발견
모란

모란은 목단(牧丹)이 변한 이름으로, 사람 얼굴만큼이나 큼직큼직한 꽃으로 여름날의 화단을 풍성하게 한다. 화투에는 6월로 그려져 있지만 우리나라에서는 5월에 꽃이 핀다. 꽃이 크다 보니 부귀를 상징하는 꽃으로 사랑받는다.

모란에는 익히 들어 알고 있는 선덕여왕의 고사가 전해진다. 신라 진평왕 때, 당태종이 삼색의 모란을 그린 그림과 함께 씨앗 석 되를 보내왔다. 어린 공주였던 선덕여왕은 그 그림을 보고 "벌과 나비가 날아들지 않는 것으로 보아 이 꽃은 향기가 없는 꽃일 것입니다."라고 말하였다. 뜰에다 씨를 심었더니 선덕여왕의 말대로 정말 모란에는 향기가 없더라 하는 이야기다.

법이나 다름없었을 여왕의 말 한마디에 모란은 향기 없는 꽃으로 전해졌지만 실제로는 미미하나마 향기가 있다. 품종에 따라서는 강한 장미향이 나기도 한다.

향기는 전해지는 것이기도 하지만 발견하는 것이기도 하다. 선덕여왕이 몰랐던 모란의 향기처럼 사람에게도 쉽게 발견하기 힘든 향기가 있다. 누군가에게서 다른 사람은 미처 알지 못하는 향기를 발견하면 기분이 좋다. 그런 사람의 얼굴에는 모란꽃이 어린다.

5월에 꽃피는 갈잎떨기나무
화단이나 정원

상처 주는 속마음
엉겅퀴

어느 날 밤 기습을 노린 바이킹이 스코틀랜드의 성을 몰래 넘어 들어갔다. 그런데 주변이 온통 엉겅퀴 천지였다. 바이킹은 엉겅퀴 가시에 찔릴 때마다 "악" 하고 비명을 질러대며 우왕좌왕했고, 그 소리에 잠에서 깨어난 스코틀랜드 병사들은 바이킹을 무찌를 수 있었다. 그리하여 엉겅퀴는 나라를 구한 꽃이라 하여 스코틀랜드의 나라꽃이 되었다.

엉겅퀴는 잎에 뾰족한 가시를 잔뜩 두르고 있다. 오죽하면 가시나물이라고도 부를까? 꽃은 줄기와 가지 끝에 홍자색으로 피지만 만져보려면 가시부터 조심해야 한다.

그러나 가시가 엉겅퀴의 전부는 아니다. 엉겅퀴의 내면은 정반대다. 잎과 줄기를 짓찧어 상처에 바르면 피를 엉기게 해서 멎게 해준다. 그래서 엉겅퀴다. 제 가시에 찔리는 이를 위해 약을 품었으니 상처를 주기도 하고 상처를 낫게도 하는 꽃이다.

자신을 보호하려고 내놓은 가시에 찔리는 이를 보며 미안한 마음에 약을 품었나보다.

남에게 상처를 준다는 건 스스로에게도 고통스러운 일이다. 상처 주는 속마음도 오죽하겠냐는 듯 엉겅퀴는 제 몸을 약으로 내어준다.

긴 가시를 내는 이유
호자나무

호자나무는 가시투성이다. 호랑이 가시라는 이름은 좀 과장된 감이 있지만 가시가 호자나무의 상징인 건 맞다. 가시가 잎보다 길게 나와 있어서 다가가 만지려고 하면 가시가 먼저 찌른다. 남쪽 섬지방의 비옥한 숲에서 진녹색의 윤기 나는 잎으로 사철 푸르게 자라면서 가시는 왜 필요한 걸까?

이 가시 많은 나무에는 새하얀 빨대 모양의 꽃이 잎겨드랑이마다 한두 개씩 핀다. 하지만 아는 이가 많지 않다. 꽃에서는 은은하고 비밀스런 향기까지 난다. 하지만 이 역시 아는 이가 드물다. 열매는 또 어떤가. 초록색에서 빨간색으로 익는 보석 같은 열매를 잎 아래쪽에 달아둔 채 겨울을 난다. 호자나무는 보호해야 할 아름다운 꽃과 보석 같은 열매가 있기에 가시를 만들어야 했는지도 모른다.

쉽게 상처받는 사람일수록 공격적인 성향을 띤다고 한다. 상처받는 것이 두려워 먼저 상대를 공격한다. 그래서 자신이 먼저 상대를 찌르고 마는 사람일수록 약자일 수 있다. 작고 여리기에 상처받을까 두려워 긴 가시로 먼저 공격하는 호자나무. 그 두려움까지 헤아려주면 호자나무의 향기로운 꽃과 예쁜 열매를 만날 수 있다.

5~6월에 꽃피는 늘푸른떨기나무
남쪽 섬

되풀이되어서는 안 될 비극
해녀콩

6~8월에 꽃피는 여러해살이풀
제주도의 바닷가

제주도 해안가에는 해녀도 살고 해녀콩도 산다. 덩굴성인 해녀콩의 잎은 칡과 비슷하지만 꽃은 전혀 다른 모양을 한 연한 홍자색이다. 탐스럽게 생긴데다가 뭍에서는 볼 수 없는 꽃이라 그 아름다움이 각별하다. 꼬투리 모양으로 달리는 열매는 거의 휴대전화기만 하다.

독특한 외양 못지않게 해녀콩에 얽힌 사연도 남다르다. 제주도는 한국 현대사의 소용돌이에 휘말렸던 곳이다. 일제의 모진 침탈을 받았고, 해방 후 4·3사건이라는 큰 비극이 있었다.

그러저러한 사정 탓에 제주도에는 제구실을 하는 남자들이 많지 않았다. 가장 노릇도 여자들의 몫이었다. 물질이 바로 여자들이 할 수 있는 일이었다. 문제는 임신이었다. 원치 않은 임신을 하게 되면 일을 나가지 못해 가족의 생계를 책임질 수 없게 되므로 독성분이 있는 해녀콩을 먹고 뱃속의 아기를 떼어냈다. 그런데 정확히 얼마만큼 먹어야 아기를 뗄 수 있는지 몰랐던 탓에 목숨을 잃는 해녀가 종종 있었다고 한다. 비극적인 역사가 낳은 또 다른 비극이다.

해녀가 사라지면 아픈 역사도 사라질까. 되풀이되어서는 안 될 비극을 증명이라도 하듯 해녀콩은 사라져가는 해녀를 대신해 제주 바다를 보며 꽃 피우고 열매 맺는다.

나를 사랑하는 연습
수선화

12~4월에 꽃피는 여러해살이풀
화단이나 화분

수선화는 관상용으로 들여와 따뜻한 남부지방에서 심어 기르는 비늘줄기식물이다. 거문도 등지에서는 야생 상태로 자라면서 2월 달력이 채 넘겨지기도 전에 꽃소식을 올려보낸다. 지중해 연안에서 살던 꽃이 우리나라 끝자락의 섬으로 와서는 화괴(花魁)가 된 셈이다. 푸른 남쪽 바다를 굽어보며 '금잔은대'라는 별명에 딱 어울리는 꽃을 피워내면 물에 비친 제 모습에 반했다는 신화 속의 미소년 나르키소스의 풍모를 알 것만 같다.

수선화는 그렇게 자신의 아름다운 모습만을 바라본다. 스스로도 만족스럽다는 듯 바람을 불러 살랑거리는 마음을 표현한다. 한없이 나를 사랑하는 일에 매료되어 하루를 보내고 온 생애를 보낸다. 나를 사랑할 줄 알아야 다른 사람도 사랑할 수 있지 않느냐고 소근거린다.

거울 속에도 수선화가 피어난다. 자신을 살피고 단장하며 사랑하는 일에 푹 빠져보자. 자신을 아름답게 가꾸려는 모습이 곧 자신을 사랑하는 연습이 아닐까? 거울 속의 수선화가 나를 향해 웃을 때 나는 가장 아름답다. 나는 가장 사랑스럽다.

이웃을 얻으려면
산자고

어둠 속에서 꺼내 올리는 꽃봉오리는 제법 큼지막하다. 꽃잎 뒤쪽으로는 여리디 여린 실핏줄이 어린다. 꽃봉오리에 햇볕의 따뜻한 손길이 닿으면 꽃잎을 은쟁반처럼 뒤로 활짝 젖히면서 노란 금가루 묻힌 꽃술을 드러낸다. 날이 흐리면 다시 오므라들고 볕이 좋으면 다시 벌어지기를 반복한다. 이 모든 과정을 지시하는 건 땅속의 비늘줄기다. 이 비늘줄기의 생약명이 바로 산자고(山慈姑)다.

소박하고 수수한 차림으로 봄볕을 즐기며 소일하는 산자고는 까치무릇이라는 별명처럼 친근한 풀이다. 느린 걸음으로 산길을 걷다보면 누구나 한 번쯤 마주쳤을 만큼 가까이 있는 꽃이다. 흔히 있었는데 알아보지 못했을 뿐이다. 늘 곁에 있었는데 바삐 사느라 관심 갖지 못한 이웃 같다. 따뜻한 이웃이 다가오기를 기다리기보다 내가 먼저 그 이웃의 따뜻한 이웃이 되어주자. 빠른 걸음이 아닌 느린 걸음으로 걸으면 더 많은 이웃이 보인다. 나는 그 이웃의 어떤 이웃인가?

갈등의 해법
등나무

태양의 고도가 좀더 오르면 그제야 등나무는 마른 가지에 준비해둔 잎을 빼어든다. 여러 장으로 된 등나무 잎이 빼곡이 채워지면 듬성듬성하게 비치던 하늘이 점차 가려진다.

폭염을 피할 길 없는 여름으로 치달을수록 등나무 잎은 진녹색을 띠며 누구나 쉬어갈 수 있는 청량한 그늘을 드리운다. 사람들은 등나무 아래에서 수많은 이야기를 쏟아낸다. 하소연, 험담, 비난……. 인간사의 온갖 갈등들도 터져 나올 것이다.

등나무의 '등(藤)'은 갈등(葛藤)이라는 단어의 유래가 되었다. '갈(葛)'은 칡을 뜻한다. 칡은 왼쪽으로 감아 올라가고 등나무는 오른쪽으로 감아 올라가기 때문에 두 나무가 얽히면 도저히 풀 수 없다는 것이다. 그러나 이는 잘못 알려진 속설이다. 실제로 등나무는 오른쪽으로도 감고 왼쪽으로도 감는다. 칡에 비하면 좀더 자유로운 편이라고나 할까. 어쩌면 제 마음대로 오른쪽으로도 감고 왼쪽으로도 감아서 풀어내기 더 어려운 건지도 모르겠다. 굳이 잘잘못을 따지자면 등나무 쪽의 잘못이 좀더 크다. 살아가면서 갈등에 부딪힐 때마다 내 덩굴이 상대를 이리저리 휘감고 있는 건 아닌지 생각해볼 일이다. 내 덩굴을 먼저 거두고 나면 상대방의 덩굴도 쉽게 걷어낼 수 있다.

4~5월에 꽃피는 갈잎덩굴나무
중부 이남의 산지

용서하는 용기
청미래덩굴

두껍게 반질거리는 청미래덩굴의 둥글넓적한 잎은 봄에 새로 돋았을
때 한 입 뜯어 먹으면 쌉싸래한 맛이 일품이다. 나물로 먹기에 아주 좋
다. 덩굴손이 나와 다른 나무를 휘감으며 자라고, 줄기는 가시로 덮여
있어 산에서 간혹 등산객의 옷깃을 잡아당긴다. 가을이면 빨갛고 동그
란 열매를 보석처럼 맺는다. 맛있어 보이지만 푸석푸석하기만 하다. 예
전에는 그것도 간식처럼 먹었다 한다.

옛날에 방탕한 남편이 있었다. 남편이 급기야 성병까지 얻어오자 속
이 상한 부인은 남편을 산으로 내쫓았다. 잘못을 뉘우친 남편은 먹을
것이 없자 한 덩굴식물의 뿌리를 캐어먹으며 지냈는데 어느덧 병이 나
아 집으로 돌아올 수 있었다. 그래서 그 덩굴식물을 산귀래(山歸來)라 부
르게 되었다. 그 산귀래가 바로 청미래덩굴이다. 허구한 날 바람이나
피는 남편이 미울 법도 한데 다시는 그러지 않겠다며 사죄하자 용서해
준 부인의 너그러움이 청미래덩굴에 닿아 있었나 보다. 실제로 청미래
덩굴의 뿌리에는 성병은 물론이고 중금속의 독도 풀어주는 성분이 있
다고 한다. 미워하긴 쉬워도 용서하긴 어렵다. 상대가 큰 잘못을 저질
렀을 때 기꺼이 용서해줄 수 있는 아량도 큰 용기가 필요하다.

5월에 꽃피는 갈잎덩굴나무
산지

외로워서 잡았네
실거리나무

갈고리 같은 가시로 실오라기를 걸어 당긴다 하여 실거리나무다. 지나는 이 없는 숲에서 누가 나를 잡고 놓아주지 않을 때, 그곳이 남부지방의 섬이라면 실거리나무를 의심해볼 만하다. 줄기와 가지에 낚싯바늘처럼 날카롭게 휘어진 굵은 가시가 나 있다. 까딱 잘못해 실거리나무가 있는 덤불로 들어갔다가 붙잡히면 옴짝달싹 못하게 된다. 빠져나오려고 몸부림칠수록 더 많은 가시에 얽혀들고 만다.

무서운 가시와는 달리 실거리나무의 꽃은 화려하고 아름답다. 긴 꽃

5~6월에 꽃피는 갈잎떨기나무
남부지방의 섬

차례에 비스듬히 고개 숙여 피는 수십 송이의 노란색 꽃은 수술 끝을 붉은색으로 단장해 마치 신라시대 여왕의 금관을 보는 듯하다. 꽃이 지면 꼬투리 모양의 커다란 열매가 달리고, 갈색으로 익으면 벌어지면서 까만 씨를 드러낸다.

이토록 매혹적인 꽃과 열매를 가졌지만 오래 바라보고 있으면 눈마저 찌를 듯한 가시 때문에 누구도 섣불리 다가서지 못한다. 아무도 다가오지 않아 실거리나무는 자꾸 외로워진다. 그래서 한번 잡은 상대를 놓아주지 않는다. 놓아주지 않을수록 상대가 더 멀어지려 한다는 걸 알면서도 어쩌다 오는 이에게 실거리나무는 자신의 몸을 건다. 오지 못하게 막으려는 게 아니라 가지 말라고 붙들기 위해서다.

혼자보다는 가족
반디지치

4~6월에 꽃피는 여러해살이풀
서남해의 바닷가 근처

반디지치는 꽃의 색치고는 좀처럼 만들기 쉽지 않은 형광빛의 파란색을 띤다. 아마도 반딧불이의 형광색과 바다의 파란색을 빌려와 저만의 색을 만들어낸 듯하다. 잎은 파도의 성정을 닮았다. 사나운 바닷바람도 이겨낼 만큼 거칠어 마치 조화 같다.

반디지치는 혼자 살아가지 않는다. 약간 떨어져 자라는 것일지라도 알고 보면 한가족이거나 친척인 경우가 많다. 뿌리를 보기 위해 하나의 줄기를 들어보면 그 주변으로 연결된 다른 반디지치들이 우두두둑 함께 뜯기며 드러난다. 꽃이 지면 기는줄기가 나와 땅 위를 기면서 닿는 곳마다 뿌리를 내려 일가를 이룬다.

눈에 보이는 기는줄기 같은 것이 아니라 보이지 않는 끈으로 이루어져 함께 사는 가족을 보기가 요즘은 쉽지 않다. 가족이라는 끈이야말로 세상에서 가장 끈끈하고 아름다운 끈이다.

낮에는 서로 잘났네 하고 다투다가도 밤이면 한방에서 발 삐져나오게 한이불 덮고 자던 시절의 가족이 그립다. 같은 동태찌개에 여러 개의 수저가 오갔던 시절의 가족이 그립다.

반디지치처럼 끈끈한 끈으로 다시 연결할 순 없을까? 함께 울고 웃을 때라야 진정한 가족이다.

5~6월에 꽃피는 여러해살이풀
깊은 산의 숲 속

잊지 말아달라는 부탁
물망초

어느 나라에나 가슴 아픈 사랑 이야기는 하나씩 있다. 독일에는 다음과 같은 전설이 전해진다. 옛날 독일 도나우 강 인근 마을에 연인 한 쌍이 있었다. 어느 날 강 가운데 있는 섬에 이름 모를 예쁜 꽃이 피어나 여자의 마음을 사로잡았다. 남자는 그 꽃을 여자에게 꺾어다 주기 위해 섬까지 헤엄쳐 갔다. 꽃을 꺾어 돌아오다가 그만 급류에 휘말렸다. 몸부림을 쳐봤지만 허사였다. 운명을 직감한 남자는 손에 들고 있던 꽃을 여자에게 던지며 이렇게 말했다. "나를 잊지 말아요!" 그 말만 남기고 남자는 물속으로 사라졌다. 여자는 물에 빠져 죽은 남자를 그리며 일생 동안 그 꽃을 몸에 지니고 살았다. 그 꽃이 물망초(勿忘草)다.

사랑하던 사람들이 헤어지는 일이야 흔하다. 그럴 때는 대개 잊어달라 부탁한다. 하지만 죽음이 갈라놓는 이별 앞에서는 사랑한다는 말보다 잊지 말아달라는 말이 더 가슴에 사무친다. 미처 하지 못한 말이 있기에 그렇다.

"나를 잊지 말아요. 나도 당신을 잊지 않을 테니……."

개성을 알면 풀이 보인다
괭이밥

육식을 하는 고양이에게 밥이 되는 풀이라니, 약간 생소할 수도 있다. 하지만 실물을 보면 누구나 '아하, 이 풀!' 할 정도로 길가에 흔히 자란다. 다섯 장의 노란색 꽃잎으로 된 꽃은 봄부터 가을까지 계속해서 피어난다. 꽃이 지면 괭이밥은 촛대처럼 생긴 육각기둥의 열매를 들고 선다. 다 익으면 만지기가 무섭게 열매껍질이 세로로 터져버린다. 그러면서 씨가 총알처럼 요란스레 튀어나간다. 어디로 튈지 모르는 것이 바로 괭이밥 열매의 개성이다.

옥살산이라는 산 성분이 들어 있어서 씹으면 신맛이 나는 것은 괭이밥의 또다른 개성이다. 시큼한 맛이 난다 하여 시금초라고도 불리고 진짜 먹어도 되니 소꿉놀이 때 반찬의 단골 메뉴다. 고양이도 정말 이 풀을 먹을 때가 있다. 산 성분이 소화를 돕기 때문에 소화가 안 될 때 이 풀을 뜯어먹는다.

괭이밥을 보고는 클로버(토끼풀)라고 알은체하는 사람이 적지 않다. 작은 잎이 세 개가 달리는 게 비슷해서인데, 이는 잎 하나하나가 완벽한 하트 모양인 괭이밥의 개성을 몰라서 하는 소리다.

작고 흔하기에 그 정도 개성이라도 없으면 너무 밋밋하지 않은가? 최소한의 개성만으로도 행복한 꽃. 괭이밥의 씨가 톡톡 터져나간다.

5~6월에 꽃피는 여러해살이풀
제주도의 동쪽 오름

이주민의 자격으로
피뿌리풀

피뿌리풀은 차라리 피꽃이라 했어야 한다. 뿌리에서 나온 여러 개의 푸른 줄기 끝에 모여 피는 빨대 모양의 꽃은 그야말로 피처럼 붉다. 처절한 검붉은색 피가 아니라 환하고 따뜻한 핏빛이다.

키는 겨우 손가락 길이만 하다. 촘촘히 달리는 잎을 키우며 푸르게 지내다가 오름의 밋밋한 풀밭 위에 붉은 점을 찍는다.

피뿌리풀이 우리 땅에서 살게 된 연원은 몽골의 지배를 받던 시절로 거슬러 올라간다. 그 시절에 말들의 타박상을 치료하기 위해 몽골에서 일부러 들여왔다고도 하고, 말의 배변에 씨가 섞여 들어와 저절로 자라게 되었다고도 한다. 어느 것이 맞건 간에 본래 우리 땅에서 자라던 꽃이 아니라 딴 나라에서 들어온 것만은 확실하다.

이주민이라고 예쁜 것만 거두어주고, 예쁘지 않은 건 내치고 할 수는 없는 법이다. 우리 땅에 뿌리 내리고 대대손손 살아가는 꽃이라면 생김새야 어떻든 우리 꽃이다. 몽골의 몽골반점이 우리 반점이 된 것처럼 몽골의 피뿌리풀도 우리 꽃이다.

본분을 지키는 것
칠엽수

5~6월에 꽃피는 갈잎큰키나무
길가나 공원

공원에 심는 나무로 칠엽수만 한 것도 없다. 웬만한 건물하고는 어깨동무할 만큼 커다란 덩치에 큼지막한 잎을 달고 서 있는 모습이 매우 시원스럽다.

칠엽수는 겨울에 더 잘 눈에 띈다. 겨울눈에 시럽을 발라놓은 듯 끈적끈적한 나뭇진이 묻어 있어서 햇빛에 번뜩거린다. 봄이 되면 끈끈한 겉옷을 벗고 나온 잎이 커다랗게 자라난다. 이름대로 꼭 일곱 장이 달리는 건 아니고, 보통 다섯에서 여덟 장까지 모여 달린다.

5월이면 아이스콘을 거꾸로 쥐고 있는 듯한 꽃차례가 하나씩 손에 들린다. 한두 개가 아니라 수십 개를 들고 있는 모습이 풍성하다. 꽃을 자세히 들여다보면 흰색 바탕에 노란색과 붉은색 무늬가 현란하게 박혀 있다. 영화관에서 파는 컬러 팝콘 같다.

가을에 열매가 익으면 세 갈래로 갈라지면서 암갈색의 윤기 나는 씨를 햇빛에 드러낸다. 땅바닥에 껍질째 툭툭 떨어뜨리기도 한다. 밤알처럼 맛있게 생겨 날것으로 깨물었다간 평생 잊지 못할 쓴맛을 맛본다. 먹기는 어려워도 맛있어 보이는 꽃과 열매로 칠엽수는 우리의 눈을 즐겁게 해준다. 경관수로서의 본분만 지켜준다면 누가 뭐라 하지 않는다. 본분만 지킬 줄 알아도 쫓겨나지 않는다. 꽃 일곱 개의 잎이 달리는 건 아니지만 칠엽수는 제 본분을 지키기에 사랑받는 것이다.

어느 위치에 달리는 열매건

그 위치에 맞는 이유가 있어 맺힌다.

낮은 곳에서 자신의 위치를 지켜가며

자신이 가진 것을 나누어주는 이가 많을수록

세상은 밝게 빛난다.

06

밥도 되고
약도 되고
벗도 되고

선견지명
선인장

7월에 꽃이 피는 여러해살이풀
남부지방

사막이 아닌 우리나라에도 어쩌다 선인장이 발을 들여놓았다. 따뜻한 남부지방의 뜰에 심어 기르던 것이 제주도 들녘에는 완전히 야생 상태로 자리 잡았다. 선인장은 두꺼운 육질의 몸에 수분을 비축해놓고 잎을 간소화한 가시를 만들어 아무도 함부로 해코지할 수 없게끔 예방해두었다. 가시투성이 몸이라 아름다움 같은 건 모른 채 살아가는 것 같지만 무더운 여름이 되면 선인장의 투박한 몸에도 꽃봉오리가 솟는다. 작은 해바라기 같은 노란 꽃이 섬세한 수술과 함께 활짝 펼쳐지면 저 몸이 저 꽃을 어찌 피웠나 싶게 곱다.

선인장에게는 선견지명이 있었다. 점점 더워지는 제주도가 언젠가 확실한 자신의 땅이 될 것을 알았는지 선인장은 제주도를 기점으로 점점 더 세력을 넓혀나간다. 더워지면 더워질수록 선인장은 한 발 한 발 좀더 북쪽으로 진격할 것이다.

다가올 미래의 한 치 앞도 알 수 없는 것이 삶이지만 대비하는 일에 게으름을 피우면 어느 순간 절멸의 길을 걷는다. 선인장처럼 한 수 멀리 내다보는 지혜를 얻는 것이 미래를 여는 길이다.

최소한의 예의
두릅나무

두릅나무 한 그루쯤 자라지 않는 산은 아마 없을 것이다. 꽃은 8월이나 돼야 핀다. 가지 끝에 머리를 풀어헤치듯 황백색의 꽃차례를 펼쳐 보인다. 그 모습이 사슴뿔이나 커다란 왕관을 쓴 것처럼 보이지만 별다른 관심을 끌지는 못한다. 열매도 마찬가지다.

사람들이 기다리는 건 두릅나무의 꽃이나 열매보다 봄날에 파릇하게 돋는 새순이다. 보통은 두릅이라고 하고, 나무의 머리에 달리는 나물이라 하여 '목두채(木頭菜)'라고도 한다. 끓는 물에 소금을 넣고 살짝 데쳐 먹으면 입 안 가득 퍼지는 특유의 향기에 봄날의 나른함이 싹 가신다. 그 맛을 보려는 이들 때문에 봄이면 두릅나무는 몸살을 앓는다. 억센 가시로 막아 보지만 그다지 위협이 되지 않는다.

두릅을 딸 때도 지켜야 할 예의가 있다. 제일 꼭대기에 달리는 두릅을 첫 두릅 또는 초벌 두릅이라고 한다. 첫 두릅을 따고 나서 옆가지에서 움이 트면서 자라는 두릅은 움 두릅이라고 한다. 첫 두릅이 꺾이고 난 후 제 딴에는 살기 위해 내는 것이 움 두릅이다. 그런데 그 움 두릅마저 모두 따내면 나무는 더 이상 잎을 내지 못해 결국 죽기까지 한다. 그러니 첫 두릅만 먹고 움 두릅은 두릅나무의 것이겠거니 하고 남겨두어야 다음 해에 더 알찬 새순을 얻는다. 작은 배려 하나가 나무를 살린다.

낮은 곳의 열매
산앵도나무

산에서 맛보는 앵두니 얼마나 맛이 좋을까? 산앵도나무는 높은 산의 중턱부터 곧잘 보인다. 키가 작은 나무라 그것도 아는 사람의 눈에나 들어온다. 사람의 앉은키만 한 높이다 보니 잠시 쉬었다 가기 위해 앉은 이의 눈높이에 맞을 때가 많다. 산앵도나무가 눈에 잘 띄지 않는 것은 꽃이 작아서 그렇기도 하다. 붉은빛이 감도는 흰색 꽃이 종 모양으로 아래를 향해 두어 개쯤 달린다. 작은데다가 그나마도 잎 밑에 가려져 있어서 일부러 들춰보거나 눈길을 주지 않으면 잘 보이지 않는다.

가을이 오면 산앵도나무는 빛을 발한다. 꽃 떨어져나간 자리마다 앵두 같은 빨간 열매가 먹음직스럽게 달린다. 잠시 쉬었다 가는 사람들의 마른 목을 축여주는 열매다.

한 알의 열매라도 누군가에게 힘이 될 수 있다면……. 어찌 보면 산앵도나무의 열매는 키 작은 동물의 눈높이에 맞춘 열매인지도 모르겠다. 어느 위치에 달리는 열매건 그 위치에 맞는 이유가 있어 맺힌다. 낮은 곳에서 자신의 위치를 지켜가며 자신이 가진 것을 나누어주는 이가 많을수록 세상은 밝게 빛난다. 산앵도나무의 열매가 더욱 빛나는 까닭이다.

5~6월에 꽃피는 갈잎떨기나무
중턱 이상의 산지

한 알의 효심
개암나무

3~4월에 꽃피는 갈잎떨기나무
산지

아무것도 없던 마른 가지에 긴 꼬리 같은 게 늘어져 달린다. 그것이 점점 부풀다가 노란 가루까지 풀풀 날리면 개암나무의 수꽃이삭, 그 가지 주변에 겨울눈처럼 보이는 붉은색이 보이면 그건 틀림없이 개암나무의 암꽃이다.

개암나무는 우리나라 전래동화 《도깨비와 개암》에 등장한다. 대체 개암을 깨무는 소리가 얼마나 크기에 도깨비들이 도깨비방망이까지 놓아둔 채 혼비백산했던 걸까. 개암은 밤 크기의 반의 반밖에 안 된다. 하지만 제대로 익은 개암을 어금니로 깨물어보면 정말로 '딱!' 하는 소리가 귀로 전해진다. 개암의 겉껍질이 단단하기 때문이다.

전래동화란 구전되면서 살이 붙거나 내용이 달라지는 경우가 흔하다. 원래 《도깨비와 개암》에서 착한 나무꾼이 개암을 주워 바로 깨먹지 않고 주머니에 넣어둔 이유는 부모님께 드리기 위해서였다. 작은 개암 한 알에 영근 효심이 사람의 목숨을 살리기도 한다.

만병통치약
노랑만병초

만 가지 병을 고친다기보다 못 고치는 병이 없다 해서 만병초다. 풀은 아니고 상록성 나무다. 흰색 꽃이 피는 만병초와 달리 노랑만병초는 연한 노란색 꽃이 핀다. 꽃 색깔만 차이가 있는 것은 아니다. 만병초가 약간 투박한 아름다움이 있다면 노랑만병초는 다듬어진 세련미가 엿보인다. 만병초도 높은 지대에서 자라기는 하나 노랑만병초는 그보다 더 높은 산의 정상 부근에서 자란다. 그러다 보니 만병초는 키가 3미터 높이까지 자라지만 부족한 양분에 정상의 바람까지 견뎌야 하는 노랑만병초는 땅바닥에 낮게 붙어 자란다.

백두산 천지 주변에는 노랑만병초가 거대한 군락을 이루고 있다. 천지의 기운을 받은 노란색 꽃이 채 녹지 않은 하얀 눈과 대비되어 멋진 풍경을 이룬다. 멀리 북한 땅에서만 자라는 줄 알았던 노랑만병초가 설악산 중청 일대에서도 발견되어 남한 호적에도 이름을 올렸다.

중청 일대 노랑만병초는 키 큰 바늘잎나무에 가려 어렵사리 자라지만 큰 나무가 없는 백두산에서 자라는 노랑만병초는 스트레스 없이 햇볕을 독식하며 대군락을 이룬다.

만병의 원인인 스트레스를 잠재울 길 없는 현대인의 생활에서 만병통치약 같은 건 아예 없는지도 모른다. 스트레스도 적당히 즐기며 살아가는 지혜가 곧 약이 아니겠는가. 노랑만병초에게 손 벌릴 일은 없어야겠다.

6~7월에 꽃피는 늘푸른떨기나무
설악산 이북의 고산지대

끝까지 내어주는 향기
향나무

향나무의 꽃은 그다지 내세울 게 없다. 바늘잎나무들의 꽃이 대개 그렇듯 작은 벌레가 달린 것 같다. 꽃이라 부르기에도 민망할 정도로 꽃의 기본적인 구조조차 갖추지 못했다. 곤충이 아니라 바람에 의지해 꽃가루받이를 하기에 꽃 만드는 데 힘을 쏟을 필요는 없는 까닭이다.

그래도 열매는 섣불리 익히지 않는다. 꽃이 핀 그해에 익히지 않고 다음 해로 미루어 한층 더 완숙한 열매로 키워낸다.

어린 향나무에는 가시처럼 끝이 뾰족한 바늘 모양의 잎이 달린다. 그러던 것이 몇 해에 걸친 풍상을 겪고 나면 부드러운 비늘 모양으로 변한다. 손으로 쓸어도 하나 따갑지 않다. 쌀쌀맞고 까칠하던 성정이 유들유들 부드러워지면서 융통성이 생기는 것이다.

향나무가 내세울 건 역시 향(香)밖에 없다. 꽃에도 없는 향기를 몸으로 품는데 잡스런 벌레들은 감히 접근조차 못할 정도로 정갈하고 깊다.

가지를 칼로 깎는 족족 칼날에 향기가 묻어난다. 나무를 베는 도끼날에도 마찬가지다. 치유할 수 없는 상처를 주고 끝내는 자신을 넘어뜨릴 것을 뻔히 알면서도 깊은 곳을 찍어댈수록 더욱 진한 향기를 묻힌다. 그 향기만큼은 그 무엇으로도 베어내거나 넘어뜨릴 수 없다. 상처받더라도 끝까지 잘해주는 사람에게서 향나무 향기가 난다.

달고 맛난 산중 간식
으름덩굴

덩굴져 사라는 나무 숲에서 부지런하기로는 으름덩굴이 으뜸이다. 여러 개의 낱장으로 된 잎을 손가락 모양으로 펼치기 바쁘게 꽃봉오리도 서둘러 내놓는다. 꽃은 연한 자주색 또는 노란색이 돌고 암꽃과 수꽃이 같은 그루에 달린다. 아래를 향해 주렁주렁 매달린 채 내뿜는 달콤한 향기는 열매를 기다리게 만든다.

선선한 옷자락을 나부끼며 가을이 다가오면 으름덩굴은 자신의 본모습을 보인다. 단단하고 오동통하게 익어가던 열매가 더는 못 참겠다는 듯 벌어지면서 하얀 속살을 드러낸다. 그것이 바로 으름이다. 산에서 나는 것이니 주인도 따로 없다. 손이 쉽게 닿지 않는 높이에 달리므로 사다리를 놓고 올라가서 긴 작대기로 툭툭 치면 잘 떨어진다. 으름이 많이 열리는 마을에서는 9월 말에서 10월 초면 으름을 따다가 등산로 입구에 내놓고 몇천 원씩에 팔기도 한다.

특이한 모양 때문에 부르기 민망한 별명도 갖고 있다. 한국형 바나나라는 별명은 딱 좋다. 거의 바나나에 가까우면서 맛은 훨씬 더 달다. 입에서 살살 녹는 아이스크림처럼 달콤하다는 게 딱 맞는 표현이다. 다만 그 안에 까만 씨가 워낙 많이 들어 있어서 일일이 뱉어내느라 맛을 음미할 여유가 부족한 게 단점이다.

그래도 산중에서 맛볼 수 있는 과실 중 으름보다 더 달고 맛난 것은 없다. 산이 주는 최고의 간식이다.

4~5월에 꽃이 피는 갈잎덩굴나무
황해도 이남의 낮은 산지

울릉도 숲이 간직한 보물
울릉산마늘

울릉도는 외세의 침입이 잦은 곳이었다. 특히나 대륙을 호시탐탐 넘보

는 왜구가 울릉도를 침략의 근거지로 삼으려 했기에 고려 때부터 주민

을 육지로 이주시키는 정책을 폈다. 그러다 조선 말엽에 와서야 개척령

을 내리면서 다시금 사람이 살게 됐다.

　처음 울릉도에 정착한 개척민들은 많은 곤란을 겪었다. 농사지을 땅

이 부족한데다가 그나마도 태풍이 수시로 불어 애써 지은 농사를 망치

기 일쑤였다. 뱃길도 좋지 않았던 탓에 섬의 식량 사정은 극도로 악화

되어 겨울이면 굶어 죽는 사람까지 생겨났다. 그 사람들의 눈에 띈 것

이 한겨울 쌓인 눈을 뚫고 파릇하게 돋는 잎이었다. 사람들은 그 잎을

따다 먹고 겨우 연명할 수 있었다. 목숨을 이어주었다 하여 사람들은

5~7월에 꽃피는 여러해살이풀
울릉도의 숲 속

그 풀을 '명(莫)이'라 불렀다.

명이는 울릉도의 숲 속에 흔히 자라는 울릉산마늘이다. 풀 전체에서 마늘 냄새가 강하게 나고, 잎이 넓적한 점이 특징이다. 꽃은 여름이 시작되는 길목에서 길게 나온 꽃줄기 끝에 둥글게 모여 핀다. 특유의 쌉싸래한 맛이 일품이라 새로 돋은 잎으로 나물도 해먹고 장아찌도 담가 먹는다. 그것을 명이나물이라고 해서 상점마다 내놓고 판매한다. 현재는 오징어·호박엿과 함께 울릉도민의 좋은 수입원이다.

곤궁한 이들의 목숨을 이어주던 풀은 이제 섬사람들의 생계를 이어주는 나물이 되었다. 이 정도면 그냥 나물이라 하기엔 미안하다. 명이는 울릉도 숲이 간직한 보물이다.

쓴소리에 귀를 기울이면
고들빼기

5~9월에 꽃피는 두해살이풀
산과 들의 풀밭이나 빈터

땅바닥에 아무렇게나 엎어져 있던 풀에서 난데없이 줄기가 솟아난다. 그 줄기마다 열쇠 같은 잎이 불쑥불쑥 자라다가 꼬들꼬들한 밥풀처럼 꽃봉오리가 달리고 나중에는 노란색 꽃을 터뜨리는 것이 고들빼기다.

고들빼기 하면 고들빼기김치가 떠오른다. 쌉싸래한 맛과 향이 독특해서 한번 맛보고 나면 뇌는 잊어버려도 입은 기억해낸다. 고들빼기는 위를 튼튼하게 해주고 피를 맑게 해준다. 또한 입맛을 돌아오게 하는 최고의 밑반찬이다. 쓴맛이 적절한 자극을 가해 위액 분비를 촉진해주기 때문이다.

쓴맛이 입맛을 돋우듯 쓴소리도 약이 된다. 듣기 좋은 달콤한 말보다 쓴소리에 귀 기울이면 내 몸에 보약이 된다.

아, 입맛 돋우는 고들빼기 같은 사람 어디 없나? 살맛나지 않는 세상에 쓴소리 제법 할 줄 아는 사람 어디 없나. 봄날 잃었던 입맛을 돌려주는 고들빼기김치를 먹을 때면 달고 기름진 말들이 넘쳐나는 세상을 향해 쓴소리할 줄 아는 사람, 그 소리에 귀 기울일 줄 아는 사람이 그립다.

푸르게 해주는 이
물푸레나무

4~5월에 꽃피는 갈잎큰키나무
산지

물푸레나무 푸르러지면 완연한 봄이다. 들판을 가로질러온 봄이 물푸레나무 가지에 온기를 묻히면 하나둘씩 겨울눈 벗고 나온 잎이 세상 구경을 한다. 그즈음 황록색 뭉텅이 같은 것이 물푸레나무의 새로 나온 가지 끝에 달린다. 그것이 슬금슬금 머리를 풀어헤치면 어쭙잖은 꽃이 된다. 마치 먼지떨이 같은 꽃차례인지라 꽃인 줄 알아보는 이는 드물다.

꽃이 다 지고 날개 달린 열매라도 달려야 언제 꽃이 피었던가 하게 된다. 하지만 열매도 존재감은 미미하다. 짙푸른 잎을 내어 그늘을 늘일 때라야 물푸레나무는 멀리서도 잘 보인다. 키가 크고 가지가 옆으로 퍼져 풍성한 그늘을 드리우곤 해서 마을 입구에 정자나무로 심기도 한다. 어린 나무에 달리는 잎은 동글동글하고 큰 나무에 달리는 잎은 길쭉길쭉하다. 사람 얼굴이 어릴 적엔 동그랗다 나이 들면 기름해지는 것과 흡사하다.

이름만 들으면 물가에 살 것 같지만 그렇지 않다. 가지를 꺾어 물에 담그면 물빛을 푸르게 한다고 해서 물푸레나무다. 초록색이나 파란색이 실제로 우러나오는 것이 아니라 물빛을 파르스름하게 보이게 한다. 물푸레나무의 초록색 속껍질이 부리는 마술이다.

물을 푸르게 하여 물푸레나무이니 들을 푸르게 하면 들푸레나무, 하늘을 푸르게 하면 하늘푸레나무라 할까. 누군가를 푸르게 할 수 있다면 내가 바로 그 사람의 물푸레나무다.

부조금 없는 잔치
산딸나무

5~6월에 꽃피는 갈잎작은키나무
중부 이남의 산지

공원이나 수목원에 심어진 산딸나무만 본 사람들은 이 나무가 아주 오래전부터 우리 땅에 자생해온 나무라는 생각은 하지 못한다. 넘치는 화려함 때문인지 필시 사람의 손길이 닿아 개량된 품종일 거라 생각한다. 그러다 녹음 짙어지는 산길에서 산딸나무의 새하얀 꽃을 맞닥뜨리고 나면 그 길로 산딸나무의 매력에 푹 빠지게 된다.

산딸나무 꽃은 정갈하면서도 풍성하다. 꽃잎처럼 보이는 것은 꽃잎이 아니라 포엽이라는 조직이다. 식탁보라는 표현이 딱 어울리는 넉 장의 새하얀 보자기를 커다랗게 펼쳐 손님 맞을 준비를 하는 듯하다. 진짜 꽃은 그 가운데 암술, 수술과 함께 한 상 잘 차려져 있다. 반듯하고 말끔한 식탁보에 이끌려온 손님들은 진짜 꽃까지 잘 찾아가서 맛있는 식사를 한다. 산딸나무에는 이런 식탁이 한두 군데가 아니다. 나무 전체에 걸쳐 여러 층으로 빼곡하게 놓여 있으니 마치 잔치가 벌어진 대형 연회장 같다. 부조금을 내지 않아도 되는 잔치인지라 누구든 부담 없이 와서 즐긴다.

화려했던 여름이 가고 가을이 내려앉으면 산딸나무는 딸기처럼 빨갛고 울퉁불퉁한 공 모양의 열매로 또 한 번의 잔치를 연다. 딸기 맛은 아니지만 감과 대추를 섞어놓은 듯 들쩍지근한 맛이 나서 먹을 수 있다. 물론 이것도 공짜다. 해마다 부조금 없는 잔치를 열어도 산딸나무는 살림살이가 줄지 않는다. 든든한 인맥을 늘려가듯 가지를 더 키워간다.

따뜻한 나무
생강나무

3~4월에 꽃피는 갈잎떨기나무
산지의 숲 속

생강나무 가지에 물이 오른다. 사람으로 치면 피가 도는 것이다. 말단의 모세혈관까지 피를 돌려 가지마다 진녹색이 더욱 짙어지면 생강나무의 겨울눈은 덮고 있던 외투를 참지 못하고 벗어던진다. 그러면 그 안에서 기회를 엿보던 노란 꽃망울이 하나둘 터지고 방망이처럼 들고 있던 노란 꽃가루를 사방에 날린다. 바야흐로 봄이다.

봄 숲에서 생강나무를 찾는 것은 눈보다 코가 먼저다. 숲길을 거닐다 향기가 몰려오는 쪽으로 고개를 들면 노란 꽃이 내려다본다. 김유정의 소설 《동백꽃》에서는 그 향을 가리켜 "동백의 알싸한 향기"라 했다.

그런데 생강나무를 놓고 동백이라니 그 연유가 궁금하다. 동백나무는 대개 남부지방에서 자라는데다가 고급 기름이라 구하기가 어려워 그 대용으로 생강나무 열매에서 난 기름을 썼다. 그것을 강원도에서는 산동백이라 했기에 생강나무를 동백이라고도 불렀다.

생강나무 향기는 꽃뿐 아니라 잎과 줄기에서도 난다. 잎과 줄기를 손으로 비벼보면 향이 묻어난다. 이름만 생강이 아니라 실제로 생강나무의 잔가지를 달여 마시면 생강차를 마시는 것과 같은 효과를 볼 수 있다. 몸이 차가운 사람은 생강나무를 가까이 하면 좋다. 생강나무의 따뜻한 기운이 몸을 따뜻하게 해준다.

마음에 한기가 들 때면 따뜻한 사람이 그립다. 따뜻한 말을 건네주는 이가 좋다. 봄이라고 해도 아직 찬 기운이 감돈다. 그래서일까. 봄 숲에서 생강나무를 만나면 그렇게 반가울 수가 없다.

열매의 이름으로
매실나무

2~4월에 꽃피는 갈잎작은키나무
마을 주변

꽃의 이름으로 부르면 매화나무요, 열매의 이름으로 부르면 매실나무이니 매화나무나 매실나무나 같은 나무다. 마치 여자가 '매화 씨' 하고 불리다가 결혼해 아이를 낳아 기르게 되면 '매실이 엄마' 하고 불리는 것과 비슷하다.

정체성을 제대로 살려주려면야 매화나무로 불러야 마땅하다. 매실나무의 꽃은 매우 달콤한 향기를 풍긴다. 사람들조차 벌과 나비처럼 달려들게 만든다. 그 향기 때문에 예로부터 사군자 중에서도 으뜸으로 대접받았다. 꽃 중에 제일 먼저 핀다 하여 화괴(花魁)라 칭하였고, 눈 속에 피는 것을 설중매(雪中梅)라 하여 고매한 선비정신의 표상으로 여겼다.

그러나 이제는 시대가 바뀌었다. 매실나무 못지않게 일찍 피는 꽃나무들이 하루가 멀다 하고 들어오고, 꽃을 감상하기보다 열매를 거둘 목적으로 심다 보니 매화나무보다는 매실나무로 더 자주 불린다.

정작 매실나무 자신은 어떠할까. 꽃의 이름으로 불리기를 원할까, 열매의 이름으로 불리기를 원할까. 모르긴 해도 우리나라에 뿌리를 두었다면 열매의 이름으로 불린대도 싫다 소리는 하지 않을 것 같다. 우리나라 어머니들이 '매실이 엄마'라 불리는 걸 개의치 않고 살아왔듯이. 매실나무는 열매의 이름으로 산다.

쓴맛도 쓸모 있다
소태나무

소태나무는 흔한 나무지만 이렇다 할 특징이 없어 눈에 잘 띄지 않는다.
달걀 모양의 잎에 약간의 톱니가 있다. 암꽃과 수꽃이 다른 나무에 다른
모양으로 피는데, 수꽃은 자잘하게 황록색으로 피고, 암꽃은 처음부터
열매 모양을 하고 나온다. 그래도 소태나무인지 아닌지 잘 모르겠으면
잎이라도 따서 먹어보면 된다. 목구멍이 죽겠다 싶으면 소태나무다.

쓴맛이 몹쓸 맛이긴 해도 쓸모없는 맛은 아니다. 옛날에는 소태나무의 즙액을 어머니의 젖꼭지에 발라 응석받이의 젖을 떼기도 했다. 떨어진 식욕을 돋우기 위해 소태나무를 달여 마시기도 한다.

살면서 단맛만 볼 수는 없다. 더러는 쓴맛도 보아야 단맛의 소중함을 안다. 쓴맛 뒤에 맛보는 단맛은 더 달다. 어쩌면 소태나무도 철철 넘치던 단물이 쏙 빠져 소태가 된 건지도 모를 일이다.

차마 못 잊는 그리운 맛
물냉이

5월에 꽃피는 여러해살이풀
개울가

물냉이는 냉이처럼 생겼지만 하천 같은 물가 주변에 터를 잡는다. 물에 잠겨서 자라기도 하지만 대개는 물 밖으로 상반신을 꺼내놓고 자란다. 뿌리는 물속 흙에 두고 잎과 꽃은 물 밖으로 내어 반신욕하듯 살아간다. 넉 장의 꽃잎으로 된 꽃이 피는 모습은 냉이와 비슷하나 크기는 조금 더 크다. 둥그렇게 무리 지어 자라는 물냉이에 하얀 꽃이 피면 한 아름 꽃다발을 흐르는 물에 꽂아둔 듯 풍성하고 예쁘다. 잎 모양이 미나리와 비슷해서 '물미나리'라고 부르기도 하지만 미나리보다는 냉이 집안에 가깝다.

물냉이는 유럽이 고향이다. 들어온 경로를 정확히 알 수는 없으나 충북과 충남 지방을 중심으로 강원과 전북 지방의 하천에까지 퍼져 산다.

일본에서는 외국인이 샐러드 재료로 들여온 것이 퍼져나갔다고 한다. 실제로 물냉이는 잎이 돌나물처럼 도톰한 편이고 약간의 향취가 있어서 샐러드로 만들어 먹어도 괜찮다. 어쩌면 우리나라에도 그렇게 자리 잡게 된 것이 아닐까. 고향에서 멀어질수록 더 선명해지고 그리워지는 맛, 고향의 맛을 잊지 못한 누군가에 의해서.

주목받지 못한 꽃
모과나무

바구니에 담아 차 뒤에 두어 방향제로도 쓰고 차로도 끓여먹는 모과는
알아도 모과꽃을 아는 이는 드물다. 모과나무의 혈관으로 분홍색 피가
돌면 봄바람이 툭 치고 간 가지마다 분홍빛 촛불이 켜지고 이윽고 말려
있던 꽃봉오리가 도르르 펼쳐지면 다섯 장의 꽃잎이 수줍은 얼굴을 내
민다. 몇십 배로 확대해 봐도 잡티 하나 없이 곱디곱다.

　모과꽃 예쁜 줄 아는 사람에게 모과꽃은 아쉽도록 짧게 핀다. 순식간

이다. 봄비라도 아프게 적시고 가면 모과꽃은 한순간에 져버린다. 그러고는 곧장 열매를 달아 향기를 담기 시작한다. 꽃은 짧고 열매가 익어가는 시간은 더디다.

　저 혼자 생기는 열매는 없다. 꽃이 있어야 열매가 달린다. 모과에 가려 주목받지 못하니 상심할 법도 한데 모과꽃은 그런 말 말라며 가만히 어여쁜 얼굴을 흔든다. 짧으나마 꽃 필 날이 좋아 산다.

귀신은 막고 이웃은 부르고
탱자나무

탱자나무 가지에는 전기가 흐르나 보다. 잎도 없이 가시만 비쭉 나와 있던 가지에 백열전구 같은 꽃봉오리를 달고 있다가 불을 켜듯 일시에 활짝 피는 걸 보니. 꽃에서는 곱고 진한 향기까지 흘러나온다.

가을에 탁구공만 하게 열리는 열매인 탱자는 향기가 좋아 천연방향제로 애용된다. 그냥 먹기에는 너무 시지만 향기만큼은 쓸모가 있다. 탱자나무는 밀감의 대목으로도 쓰인다. 예전에는 귤나무처럼 남부지방에서만 자라던 것이 지금은 중부지방에서도 곧잘 겨울을 난다. 하지만 탄저병과 적성병의 병원균을 옮기는 모체가 된다고 하여 과수원 근처에는 심기를 꺼리게 되었다.

탱자나무의 가장 큰 쓰임새는 울타리다. 크고 단단한 가시가 많아 귀신도 들어오지 못한다고 했다. 하지만 언제든 건너다 볼 수 있고 누구든 참견할 수 있었다. 인사가 오가고 음식이 넘나들었다.

그러나 언젠가 울타리는 담이 되었다. 높디 높은 담에는 향기로운 꽃이나 탱탱하게 볼살 여문 열매 대신 진짜 전기가 흐른다. 안쪽의 그 무엇도 보여주지 않는다.

탱자 가라사대, 이웃을 부르려면 담을 거두고 울타리를 만들라는 말씀!

5월에 꽃피는 갈잎떨기나무
경기 이남의 길가나 정원

4월에 꽃피는 여러해살이풀
들과 집 주변의 습한 곳

묵묵히 사는 삶
머위

머위는 습기가 있는 들이나 집 주변 도랑 근처에 흔히 솟는다. 겨울을
깨고 나오는 꽃이라 하여 '관동화(款冬花)'라고도 한다. 추위나 눈 따위
가 대수냐는 듯 일찌감치 나오기 때문이다. 남부지방에서는 한겨울에
도 성급히 고개를 내민 것을 볼 수 있다. 한두 포기가 자라기도 하지만
땅속으로 벋어가는 뿌리줄기 덕에 대가족을 이루어 자란다.

　잎이 먼저 나오는 법은 없다. 먼 산의 아지랑이가 아른거리는 이른
봄날이면 둥근 방망이 모양의 꽃차례를 땅 위로 불쑥 내민다. 하늘을
향해 자라면서 점점 꽃으로 부풀려가지만 순박한 시골아낙네처럼 멋
부릴 줄 몰라 꽃잎도 없는 푸르스름한 색의 꽃을 피운다. 그나마도 피
었는지 안 피었는지 모를 정도로 작아서 큰 관심은 끌지 못한다.

　꽃차례가 나온 다음에야 기다렸다는 듯 뿌리에서 잎이 돋는다. 쟁반
만큼이나 넓적하게 생긴 잎이다. 땅바닥을 덮듯이 크고 둥글게 자라는

게 호박잎을 많이 닮았다. 삶아서 쌈이나 나물로 먹는 것 또한 호박잎과 비슷하다.

　가장 즐겨 먹는 것은 머윗대라고 하는 줄기 부분이다. 껍질을 벗겨서 살짝 데친 후 하룻밤 정도 우렸다가 고추장이나 간장으로 양념하여 무치거나 볶아서 먹는다. 길고 두툼한 잎자루도 껍질을 벗기고 삶아서 아린 맛을 우려내서 먹고, 된장국이나 오리탕 등을 끓일 때 넣어 먹기도 한다.

　머위의 삶은 오지그릇처럼 꾸미지 않은 투박함 그 자체다. 머위의 꽃은 몰라도 머윗대라고 하면 안다. 꽃이 아니라 먹을거리로 알려졌다고 해서 신세 한탄이나 할 일은 아니다. 찾아주는 이가 있으니 그 또한 즐거운 일. 그래서 머위는 꽃보다 봄 만들기에 공을 들인다.

돈이 되는 채소
유채

그냥 노란색이 아니다. 밝디 밝아 눈이 시린 노란색이다. 호들갑 떠는 노란색, 비현실적인 노란색이라 유채밭을 보면 순간 아찔한 현기증이 인다.

언제부턴가 유채는 제주도를 대표하는 명물 중 하나가 되었다. 제주도의 파란 하늘, 파란 바다와 선명하게 대비되는 유채의 노란색이 제주

봄의 상징이 되었다. 그래서인지 유채꽃이 제주 땅을 뒤덮을 때면 뭍에 사는 사람들은 온통 마음이 들썩인다. "혼저옵서예!" 유채들의 간드러지는 목소리가 들리는 듯하고 유채꽃 노랑에 묻히고 싶어 발걸음도 달뜬다.

유채(油菜)는 이름 그대로 기름을 짜는 채소다. 그뿐 아니라 갓처럼 김치를 담가 먹기도 한다. 꽃이 세상을 물들인다는 말이 실감날 정도로 주변을 온통 노란색으로 뒤덮는 덕분에 사람들까지 불러 모으니 이래저래 돈이 되는 채소다.

살맛나게 하는 얼굴
달래

4~5월에 꽃피는 여러해살이풀
산과 들

모르고 지나쳐서 그렇지 달래는 우리 주변의 산과 들에 아주 흔하게 자란다. 달래를 사 먹는 채소로 알았다가 산이나 들에서 야생 달래를 만난 사람들은 어린애마냥 신기해한다. 밭에서 재배한 달래는 알이 굵은 편이지만 산과 들에서 저절로 자라는 달래는 알이 잘고 잎도 가늘다. 하지만 달래 잎을 따서 맛보면 맵싸한 맛과 향이 재배한 달래보다는 훨씬 강하다. 바로 자연의 맛이요 향이다.

달래도 꽃이 핀다. 일단 땅속의 비늘줄기에서 한두 개의 길쭉한 잎을 올려 보내고는 곧바로 꽃줄기도 딸려 보낸다. 가느다란 꽃줄기 끝에 한두 개의 작은 분홍색 꽃이 달리는데 핀 건지 안 핀 건지 모르게 살짝 벌어진다.

달래는 냉이와 더불어 봄나물계의 지존이다. 봄 된장국에 냉이는 빠져도 달래가 빠지면 안 된다는 사람도 있다. 달래 특유의 맵싸한 맛과 향기는 봄날에 노곤하게 늘어지는 몸에 활기를 불어넣는다. 새콤달콤하게 무쳐먹거나 쌀밥에 달래간장을 얹어 쓱쓱 비벼 먹으면 집나갔던 입맛도 되돌아온다.

입맛이 돌면 살맛이 난다. 살맛이 돌면 죽을 맛 같던 삶도 즐거워질 수 있다. 달래처럼 살맛나게 해주는 사람이 좋다. 죽을 맛 같던 속을 달래주는 사람이 진짜 달래다.

모난 데 없는 성격

둥굴레

흔하기로 따지자면 둥굴레를 빼놓을 수 없다. 볕이 잘 드는 땅이라면
빠지지 않고 등장하는 풀꽃이 둥굴레다. 무덤가에서 자라는 것들은 큰
무리를 이루기도 한다. 새순은 손가락 하나 정도 길이로 돋는다. 그러
다 줄기가 옆으로 비스듬히 휘어지면서 둥글넓적한 여러 개의 잎을 양
쪽으로 펼쳐낸다. 그 잎으로 더 많은 양기를 모으기 위해 온종일 햇볕
을 떠받든다.

둥굴레의 이름을 널리 알린 건 아무래도 둥굴레차다. 땅속에 들어 있
는 뿌리줄기에는 점액질이 많은데, 캐서 날것으로 먹어보면 입 안 가득
찐득찐득한 점액질이 퍼진다. 그래서 몸에 진액이 부족할 때 먹으면 좋
다. 그늘에 말린 것을 '옥죽(玉竹)'이라고 하는데, 그것을 차로 끓여 마시
면 바로 둥굴레차가 된다. 껍질을 까서 밥솥에 찌면 쫀득쫀득하고 구수
한 맛이 나서 좋은 간식거리가 되어준다.

둥굴레는 구하기 쉬운 것임에도 신선이 먹는 음식이라 하여 '선인반
(仙人飯)'이라고도 한다. 흔하지만 오래 먹으면 얼굴빛이 좋아지고 신선
처럼 오래 살 수 있다는 뜻이다. 특별하지 않던 것이었지만 쓰임새가
알려지면서 그만 한 대접을 받게 되었다.

둥굴레는 잎도 둥글고 꽃도 둥글고 열매도 둥글어서 성격도 둥글둥
글하려나 싶다. 모난 데가 없는 것만으로도 둥굴레는 친근하고 어디에
건 두루 쓰인다. 사람도 모난 데가 없어야 두루 환영받는다.

나이 들면 가시도 무뎌진다
음나무

7~8월에 꽃피는 갈잎큰키나무
산지

강원도 사람들은 두릅보다 개두릅이 더 맛있다고 한다. 개두릅이 뭔가 하고 보니 바로 음나무의 새순이다. 암만 그래봐야 '개'자가 들어갔는데 얼마나 맛있겠나 싶겠지만 두릅보다 훨씬 더 향긋하고 맛이 좋다.

음나무의 제일 큰 특징은 무서운 가시다. 크고 억센 가시로 온몸을 무장한 채 찌를 듯이 서 있는 모습은 위압적이다. 예로부터 음나무 가지를 대문에 걸어두면 잡귀가 들어오지 않는다고 했다. 음나무에 달린 커다란 가시가 양(陽)의 기운을 지녔기 때문에 음(陰)의 기운을 가진 귀신을 물리친다는 것이다. 엄나무 또는 엄목(嚴木)이라고 부르며 한약재로 쓴다. 동그랗게 여러 개의 둥근 방울처럼 달리는 노란 꽃차례는 멀리서 봐도 풍성하다. 꽃이 피면 벌들이 잔치라도 열듯 정신없이 모여든다.

하지만 나이가 들면 음나무 가시도 점점 무뎌진다. 제 몸에 난 가시를 몸 안쪽으로 밀어 넣고 다가오는 모든 것들을 순순히 받아들인다.

오래된 나무일수록 사람을 닮는다. 나무도 오래되면 새순 때로 돌아간다.

깨가 쏟아지는 주문
참깨

《알리바바와 40인의 도적》에서 보물을 쌓아둔 동굴의 문을 여는 주문
의 키워드는 '참깨'다. 하고 많은 곡물 중에서 왜 하필 참깨일까? 참깨
는 음식에 맛을 더해주기도 하지만 잘 썩지 않게 하는 방부제 성분이 있
어서 미라에도 쓰였다. 더운 중동지방에서는 일상적이면서도 소중하
게 쓰인 곡물이다. 꼬투리가 갈라져 터지면서 참깨 씨앗이 나오는 모습
도 동굴의 문이 열리는 것과 비슷하다.

　참깨는 종 모양의 연한 분홍색 꽃이 줄줄이 핀다. 열매는 짧은 기둥
모양으로 맺고 익으면 네다섯 갈래로 갈라진다. 초가을 꼬투리가 벌어
지기 전에 줄기째 잘라 묶어 말렸다가 막대기로 살살 두드리듯 털어서
수확한다. 열매 안에서는 납작한 벼룩 같은 씨가 마구 쏟아진다. 이 참
깨를 볶아서 압착기로 눌러 짠 것이 참기름이다. 깨소금으로 먹기도 한
다. 기름을 짜고 남은 찌꺼기는 깻묵이라고 해서 가축의 먹이나 식물의
거름, 또는 물고기를 잡을 때 쓰는 떡밥으로 쓴다. 참깨는 몸의 독을 없
애주고, 비타민E가 많아서 혈관을 깨끗하게 해주는 것으로 잘 알려져
있다.

　갓 결혼한 부부처럼 좋은 일이 자꾸 생기는 곳에서는 웃을 일이 자꾸
생겨 '깨가 쏟아진다'는 말을 한다. 그만큼 참깨는 유용한 작물이기에
좋은 일에만 쓰였다. 참깨처럼 좋은 일만 생기는 주문이 있다면 얼마나
좋을까? 웃어라, 즐거워져라, 행복해져라, 참깨!

7~8월에 꽃피는 한해살이풀
밭

KI신서 3327

아침 수목원

1판 1쇄 인쇄 2011년 4월 27일
1판 1쇄 발행 2011년 5월 13일

지은이 이동혁
펴낸이 김영곤 **펴낸곳** (주)북이십일 21세기북스
출판콘텐츠사업부문장 정성진 **출판개발본부장** 김성수 **인문실용팀장** 심지혜
기획편집 박혜란 **디자인** 씨디자인
마케팅영업본부장 최창규 **마케팅** 김보미 김현유 강서영 **영업** 이경희 우세웅 박민형
출판등록 2000년 5월 6일 제10-1965호
주소 (우413-756) 경기도 파주시 교하읍 문발리 파주출판단지 518-3
대표전화 031-955-2100 **팩스** 031-955-2151 **이메일** book21@book21.co.kr
홈페이지 www.book21.com **커뮤니티** cafe.naver.com/21cbook
ⓒ 이동혁, 2011

ISBN 978-89-509-3083-7 03180

＊책값은 뒤표지에 있습니다.
＊이 책 내용의 일부 또는 전부를 재사용하려면 반드시 (주)북이십일의 동의를 얻어야 합니다.
＊잘못 만들어진 책은 구입하신 서점에서 교환해 드립니다.